KB154767

재미있고
신나는

즐겁고 신나는 세상을
만드는 아주 쉬운 방법

웃음 백서

재미있고 신나는 웃음 백서

초판 1쇄 인쇄_ 2014년 10월 15일 | **초판 1쇄 발행_** 2014년 10월 20일
엮은이_유머 연구회 | **펴낸이_**진성옥 · 오광수 | **펴낸곳_**꿈과희망
디자인 · 편집_김창숙, 박희진 | **마케팅_**최대현, 김진용
주소_서울시 마포구 토정로 222 B동 1층 108호
전화_02)2681-2832 | **팩스_**02)943-0935 | **출판등록_**제1-3077호
http://www.dreamnhope.com| e-mail_ jinsungok@empal.com
ISBN_978-89-94648-70-5 03810

재미있고
신나는

즐겁고 신나는 세상을
만드는 아주 쉬운 방법

유머 연구회 엮음

웃음 백서

꿈과희망

웃음은 인생을 바꾸는 기적의 마법입니다

윈스턴 처칠이 정계에서 은퇴한 이후 80살이 넘어서 파티에 참석했을 때의 일입니다.

한 부인이 처칠을 보고 반가움에 달려오다가 주춤거리더니 짓궂은 질문을 하였습니다.

"안녕하세요, 총리님. 너무 반가워요. 그런데 어쩌면 좋아요. '남대문'이 열렸네요. 이럴 땐 어떻게 해결하시나요?"

그러자 처칠은 전혀 부끄러워하지 않고 말했습니다.

"굳이 해결하지 않아도 별문제가 없을 겁니다. 이미 '죽은 새'는 새장 문이 열렸다고 해도 밖으로 나오지는 않으니까요."

이 말을 듣자 사람들은 파안대소하면서 웃었습니다.

영국 사람들이 처칠을 가장 위대한 영국인으로 생각하는 이유는 단지 그가 훌륭한 정치가여서만이 아닙니다. 그의 여유로운 마음에서 묻어나는 유머 감각도 한 몫 하였던 것입니다.

세계를 이끈 지도자들은 특히 유머 감각과 재치와 위트가 뛰어난 분들이 많습니다. 항상 긴장되고 신경을 곤두세우며 살아야 할 위치에 있다 보면 그 스트레스는 엄청납니다. 이때 유머나 위트, 한 줄기 웃음은 한 방에 스트레스를 날려버릴 특효약이 되는 것입니다.

영국의 역사학자인 폴 존슨은 '위대한 지도자의 다섯 가지 덕목' 가운데 하나로 '유머'를 꼽았습니다. 그만큼 유머는 인생을 풍부하게 살 수 있게 만드는 중요한 요소입니다.

이제 웃음이나 유머, 재치 등은 남녀노소 할 것 없이 생활의 한 부분이 되었습니다. 현대 사회에서 치열한 경쟁을 펼쳐야만 하는 직장인들, 입시전쟁에서 살아남기 위해 별보기 운동을 하는 학생들, 많은 친구들과 사이좋게 지내고 싶어하는 어린 친구들까지도 개그를 즐기는 세상이 되었습니다.

공부 잘 하는 친구보다 재미있고, 유머러스한 친구들이 인기를 끌고, 사회에서도 성공을 거두고 있습니다.

이제 웃음은 현대 사회에서 즐겁고 신나게 인생을 즐길 수 있는 성공 키워드입니다. 웃음을 자아낼 수 있는 한 마디 말로 분위기를 반전시키고 심지어 대화를 내 뜻대로 이끌어 갑니다.

이렇듯 웃음은 나의 삶을 바꾸고, 나아가서는 주변까지 변화시킬 뿐만 아니라 이 사회까지도 신나는 사회로 만들어버리는 기적 같은 마법을 일으킵니다.

기적은 어려운 것이 아닙니다. 평소에 유머 한 마디, 웃음 한 토막을 생활화한다면 즐거운 기적을 맛보게 될 것입니다.

이 책을 가까이 하는 모든 사람들 가슴 속에 항상 웃음의 마법이 가득하길 바랍니다.

- 유머 연구회 -

chapter1_ 웃음은 전염병이다

불륜 현장의 파출부__13   느끼한 작업용 멘트__15

기발한 경고문__17   숫자 개념 없는 군대 동기들__18

신세대 신병들의 에피소드__20   엄마의 말실수__22

죽는 겁니까?__24   할아버지의 인공수정__25

입사원서__27   언제 오셨어요?__28

여학생들의 은밀한 대화__30   야한 책__31

아저씨, 누구세요?__32   첫날밤 고백__33

Chapter 4 (챕터 포)__34   미술시간__35

수영장__36   옆집 여자와 남편__37

치과 의사__38   마누라의 질투__39

어느 공처가의 항변__40   철수와 영호__41

포도 다이어트__43   할아버지는 어디에?__44

처녀의 방귀__45   대학동창__46

낚시하러 간 남편__47   이상한 대답__48

재미있는 답들__50   여자의 궁금증__52

어느 동창회__53   유머로 보는 혈액형__55

제일 못생긴 여자로 부탁해요__57

모기에 물렸을 때 긁기 힘든 곳__58

남자와 여자의 차이__60   나방 이야기__62

여자들끼리 남자 평가하는 법__63

웃기는 교실 속담__64   한국 남편 ! 한국 아줌마 ! __65

예쁜 여학생__67   백수연가__68

아버지와 아들__70

chapter2_ 웃음은 성공을 불러오는 마법이다

오래가는 선물__75   해군 함장과 일병의 대결__77
공감대 형성, 이상한 기분__78
여자들이 스포츠를 싫어하는 이유__79
화장실 황당 사연들__81   부메랑__82
공포 영화 볼 때의 공감__83   여러 가지 공식들__85
각 나라별 쥐잡기__87   무엇일까요?__88
어느 신혼부부의 첫날밤__89   여자의 본심__91
토끼와 달팽이__92   유능한 변호사__93
남자용이었어__94   같은 비율__95
내일 저녁에 말이야__96   이거 말 되네__98
단골 손님__99   왕비엄마__100
도넛 요법__101   내 돈 도로 내놔!__102
자를 잃어버린……__103   어느 대학교에서__105
사모님__107   축구 해설의 이중성__108
연령별 차이점__111   자습 시간__113
여학생의 질문__114   뛰는 놈과 나는 놈__115
절정의 순간__117   좋아하는 남성상__119
첫 수업__120   꼬마와 여선생님__121
할아버지와 할머니의 대화__122
세대별 주부 반응__124   애인, 친구, 부인의 차이점__126
마케팅의 원리__128   방귀 뀌는 사람들의 심리__130
죽이기 10계명__132   화장실 명언__133

chapter3_ 웃음은 인생을 **자극** 시킨다

신세대 vs 낀세대 vs 쉰세대__137

솔로에게 권하는 영화__139   부부의 변천사__141

모르는 소리__143   그림 같은 집__144

황당상식__146   선생님의 실수__148

헌혈 아줌마가 잡았을 때__150   술값 아끼는 비법__151

비굴한 남자의 한 마디__154

요즘 아파트 이름이 긴 이유__156

맛소금 시리즈__157   최근 짝퉁 모음__159

적은 양의 알코올로 만취 상태에 이르는 법__162

장남과 차남과 막내의 차이__164   금방 빼고 올게__166

가장 억울하게 죽은 사람__168   돌팔이 의사__169

닭 한 마리__170   아줌마 아저씨의 컴퓨터 수업__172

첫날밤 후방 공격__174   내가 래퍼의 꿈을 접은 이유__175

남자가 하면 변태, 여자가 하면 애교?__177

훈련병 vs 예비군__179   고문의 진수__182

사랑이란__184   성의 없는 답변__185

우리 나라 사람이라면 3개 국어는 기본으로 한다__187

이럴 때 난감했었다__188   어느 주부의 변화__190

학과별 학생들의 비애__193   남자에게 차이는 방법__195

웃길 수밖에 없는 축구선수 개그__197

사이즈가 어떻게 되시죠?__199   신입생들의 인사__200

남자라면 공감할 것들__202   졸업 후__204

어느 만화 사이트의 질문과 답변__205

'세 번'의 다른 의미__207   면접__210

버스 기사 아저씨의 센스!__212   악어는 어디에__214

chapter4_ 웃음은 돈 들지 않는 성형수술이다

한문 시험 – 절세미인__219   큰스님__221

어느 아이의 복수__223   보건 시험__225

어머니의 유머__226   신입 여사원 이야기__227

어느 부대의 식단__229   흥부전 금도끼 에로버전__230

남편과 아내의 동업__232   진단 결과__233

소위들의 외출__234   친자 확인__236

전학생__237   순진한 신부__239

도서관에서 뽀뽀하지 마시오__240

마누라 것을 빨았습니다(19금)__241

부인의 바람기__242   오! 마이 좃(God)__243

로또 당첨 전에는 꼭 ! __244   도를 아십니까?__245

빌 게이츠의 학창시절__247   구혼 광고__248

여관에서 민망할 때__250

에덴동산이 한국에 있었다면__252

대한민국 명문대 연구__253   해석의 차이__255

시골뜨기 신병의 신고식__256   아내의 건망증__258

신종 단속 카메라__259   입장 차이__260

이사하던 날__261   솔로의 등급__262

자위행위의 부작용__264   상황별 진화__265

마누라 밤일 자랑__268   들켰다__269

인질극__270   공인회계사__272

건망증__273   자장면__275

엽기 답변__279   넌 뭐야?__283

여러 가지 착각들__284

chapter 1

역사에서 전염병의 폐해로 인류에 엄청난 재앙이 닥친 적이 있다. 전염병은 병원균 자체의 위력도 대단하지만 사람들 사이에 번지는 속도 때문에 수많은 사람들이 전염병의 피해를 입는 것이다.

전염병 중 인간에게 이롭고, 즐거운 기분을 느끼게 하는 것이 있다면 그것은 바로 '웃음'이라는 것이다.

이제 마음껏 웃음의 전염병에 걸려보자.

웃음은 전염병이다

불륜 현장의 파출부
느끼한 작업용 멘트
기발한 경고문
숫자 개념 없는 군대 동기들
신세대 신병들의 에피소드
엄마의 말실수
죽는 겁니까?
할아버지의 인공수정
입사원서
언제 오셨어요?
여학생들의 은밀한 대화
야한 책
아저씨, 누구세요?
첫날밤 고백
Chapter 4(챕터 포)
미술시간
수영장
옆집 여자와 남편
치과 의사
마누라의 질투
어느 공처가의 항변
철수와 영호
포도 다이어트
할아버지는 어디에?
처녀의 방귀
대학동창
낚시하러 간 남편
이상한 대답
재미있는 답들
여자의 궁금증
어느 동창회
유머로 보는 혈액형
제일 못생긴 여자로 부탁해요
모기에 물렸을 때 긁기 힘든 곳
남자와 여자의 차이
나방 이야기
여자들끼리 남자 평가하는 법
웃기는 교실 속담
한국 남편! 한국 아줌마!
예쁜 여학생
백수연가
아버지와 아들

불륜 현장의 파출부

어떤 남편이 직장에서 집으로 전화를 걸었다.

부인이 받지 않고 다른 여자가 받더니, "저는 파출붑니다. 누구 바꿔 드릴까요?"라고 했다.

남　편 : 주인 아줌마 좀 바꿔 주세요.

파출부 : 주인 아줌마는 남편하고 침실로 가셨어요. 남편과
　　　　한숨 잔다고 침실에는 들어오지 말라고 했는데, 잠
　　　　시만 기다려 보세요.

남　편 : (피가 머리 꼭대기까지 솟구친다) 잠시만. 남편이라
　　　　고 했나요?

파출부 : 예. 야근하고 지금 오셨다고 하던데…….

남　편 : (잠시 생각하더니 마음을 가다듬고) 아주머니. 제가
　　　　진짜 남편입니다. 그동안 이상하다 했더니……, 간
　　　　통 현장을 잡아야겠는데 좀 도와 주세요.
　　　　제가 사례는 하겠습니다.

파출부 : 아니. 이런 일에 말려들기 싫어요.

남　편 : 200만 원 드릴테니 좀 도와 주세요. 한창 바쁠 때(?) 몽둥이로 뒤통수를 사정없이 내리쳐 기절시키세요. 만약에 마누라가 발악하면 마누라도 때려뉘세요. 뒷일은 내가 책임지겠어요. 성공만 하면 200 아니 500만 원 드리겠습니다.

파출부는 잠시 후 다시 수화기를 들었다.

파출부 : 시키는 대로 했어요. 둘 다 기절했는데 어떻게 하죠?

남　편 : 잘했습니다. 내가 갈 때까지 두 사람을 묶어두세요. 거실 오른쪽 구석에 다용도실이 보이죠? 그 안에 끈이 있으니 빨리 하세요.

파출부 : (주위를 한참 둘러보더니) 다용도실이 없는데요?

남　편 : (잠시 침묵이 흐른 후) 거기 516-XX56 아닌가요?

느끼한 작업용 멘트

1. 혹시 그쪽 아버님이 도둑이세요? (아니오)
    ▶ 그럼 어떻게 하늘의 별을 훔쳐서 당신 눈에 넣으셨죠?

2. 동전 좀 빌려 주실래요? (뭐하시게요?)
    ▶ 어머니께 전화해서 꿈에 그리던 여자를 드디어 만났다고
    말하게요.

3. 응급처치 할 줄 아세요? (왜요?)
    ▶ 당신이 제 심장을 멎게 하거든요!

4. 길 좀 알려 주시겠어요? (어디요?)
    ▶ 당신 마음으로 가는 길이요.

5. 당신이 내 눈 속에 있는 눈물이라면 절대로 울지 않을 거예요.
    (왜요?)
    ▶ 당신을 잃을까 두려우니까요.

6. 첫눈에 반한다는 걸 믿으세요?
    ▶ 아니면 다시 한 번 걸어올까요?

7. 그 사람에게 셔츠 상표를 보여달라고 한다. "왜요?"라고 물을 때,

   ▶ '천사표'인가 보려구요.

8. 피곤하시겠어요. (왜요?)

   ▶ 하루 종일 제 머릿속에서 돌아다니니까요.

9. 천국에서 인원 점검을 해야겠어요. (왜요?)

   ▶ 천사가 하나 사라졌을 테니까요.

10. 만약 내가 알파벳을 다시 만든다면 당신(U)과 나(I)를 함께 놓겠어.

기발한 경고문

중국에서 있었던 일이다.

중국은 워낙 자전거를 많이 타고 다녀서 보통은 장사 하는 집 앞의 담벼락에 사람들이 자전거를 주차하고 출근을 하는데, 이게 너무 심하더라는 것이다.

집 주인은 자신의 담벼락에 자전거를 주차하지 말라고 온갖 경고문을 다 써 봤다.

부탁하는 글을 붙여 보기도 하고, 협박하는 글도 써보았으나 소용이 없었다.

어느 날, 궁리를 하던 중 이 집의 주인에게 기발한 아이디어가 생각났다.

그리고 그날로 모든 자전거가 자취를 감추었다는데.

그 명글귀는……

"자전거 공짜로 드립니다. 아무나 가져 가십시오."

숫자 개념 없는
군대 동기들

훈련소 때 일이다.

훈련소 신교대 동기 198명이랑 처음으로 점호라는 것을 하는데 분위기는 공포 그 자체였다.

조교들이 주위에 서 있고 당직 사관이 들어와 이곳저곳을 둘러보고, 내무실장이 당직 사관에게 경례를 하고나서 점호 받는 훈련병의 인원을 점검하기 위해 "번호"라고 외쳤다.

훈련병들은 아시다시피 전국 각양 각지에서 올라온 애들이 모두 섞여 있어 억양 또한 다 달랐다.

"하나, 둘, 셋……."

하지만 누가 그랬던가 군대 가면 바보가 된다고…….

잘 가다가 70번째 훈병 차례였다.

갑자기 "칠순!!!"이라며 당당히 말하는 거였다.

거기서 우리는 '키득키득' 혹 소리라도 새어 나올까 봐 겨우 참고 있는데…….

이놈의 어리버리들…… 그 다음부터

"칠순하나, 칠순둘……."

이렇게 나가는 게 아닌가.

우리는 겨우 웃음을 참고 있는데 80번째에서 사건이 터졌다.

"팔순!!"(빌어먹을 넘)

한번 터진 웃음인지라 우리의 웃음 소리가 여기저기서 들렸고 점호가 끝난 후 황당과 당황 사이에서 내무실장이 말했다.

"개쉑들, 대가리 박어!!"

"아니다. 그놈의 주둥이로 박어!!"

우리는 입으로 박는 생소한 것에 잠깐 멈칫했지만 살기 위해 박았고 옆 동기들의 입으로 박은 모습을 보며 다시 한 번 웃었다.

입소 첫날의 일이라 우리는 꼴통기수로 훈련소 퇴소할 때까지 온갖 기상천외한 얼차려를 받아야 했다.

군대 가면 정말 바보가 되는 것 같다.

신세대 신병들의
에피소드

신참들의 에피소드는 엄청나게 많다.

왜냐하면 사회의 편한 생활을 하다가 갑자기 군대라는 사회에 적응하기가 그렇게 쉽지만은 않기 때문이다.

이 이야기는 전방의 어느 수색부대에서 있었던 일이다.

수색부대가 군기가 세다는 것은 모두가 알고 있는 이야기이다.

그래서 신병들이 들어오면 고참들은 초장에 신병들의 군기를 잡으려고 말도 안 되는 것까지 트집을 잡곤 한다.

군대에선 아침에 알통구보라는 것을 한다.

웃통을 모두 벗고 뛰는 것이다. 물론 겨울에도 한다.

그날도 고참들은 신병들의 군기를 잡기 위해 최고참이 맨 앞에서 뛰고 신병들을 가운데 뛰게 한 다음, 군기를 담당하는 사병이 맨 뒤에서 뛰면서 신병들의 군기를 잡기로 했다.

서서히 신병들이 지쳐갈 때쯤, 앞서서 뛰던 최고 고참이 서서히 속력을 높이기 시작했고 아니나 다를까 신병들이 서서히 뒤

처지기 시작했다.

그러자 그때를 놓치지 않고 맨 뒤의 군기사병이 소리를 치기 시작했다.

"어쭈, 이 자식들이 점점 처지네……. 빨리들 뛰어!!!!"

그러자 신병들은 열심히 뛰기 시작했지만 얼마 못가서 다시 처지기 시작했다.

그러자 다시 군기사병이 소리를 쳤다.

"야, 이 자식들아. 빨리빨리 뛰지 않을래!!!"

그러자 이때 어느 신병이 하는 말.

"바쁘시면 먼저 가시겠습니까?????"

엄마의 말실수

아버지가 순찰 중이던 경찰차에 살짝 부딪히는 사고가 났다. 별다른 통증이 없어 집에 그냥 오셨는데 며칠 후 다리가 아프시다며 병원에 갔더니 다리뼈에 금이 갔다는 진단을 받았다.

의사의 권유로 아버지는 입원을 하셨다.

걱정하시는 어머니를 위로할 겸 외식을 하러 갔다.

시끄럽고 활기찬 음식점 안에서 밥을 먹으니까 기분도 조금 좋아지는 듯했다.

엄마 : 집에만 빈둥빈둥 있지 말고 시간 나면 아버지 면회나 한 번 가라.

순간 주변에서 밥 먹던 사람들의 시선이 우리 모자에게 집중됨을 느꼈다.

나 : 어…… 엄마. 면회라니요. 그럴 때는 병문안이라고 해

야 되지 않아요?

엄마 : 핑계 대지 말고 아버지 면회 한 번 가. 아버지가 안에
　　　서 너를 굉장히 보고 싶어하시더라.

주변 사람들이 점점 우리를 이상하게 쳐다보기 시작했다.
수습은 점점 힘들어지는데 엄마의 말은 이어졌다.

엄마 : 그때 경찰놈들만 아니었어도……. 아버지도 경찰들을
　　　상당히 증오하고 계신다.
　나 : 어…… 엄마. 그런 오해의 소지가 다분한 발언을……
　　　함부로 하시면.

우리 모자를 바라보는 주변 사람들의 시선이 예사롭지 않게
느껴졌다.

엄마 : 아버지 안 계시는 동안은 네가 우리 집안의 우두머리
　　　다. 그러니까 너도 그에 걸맞게 행동하거라.

아…… 우두머리라니. 집안의 가장도 아니고 우두머리.
아무튼 엄마는 이 말을 끝으로 식사를 계속하셨지만 나는 주
변의 따가운 시선 때문에 밥이 도무지 넘어가지 않았다.

죽는 겁니까?

어떤 남자가 병에 걸렸는데 병원이 너무 멀어서 의사가 집으로 왕진을 오게 됐다.

도착한 의사는 방으로 들어가더니 잠시 후 환자의 부인을 불렀다.

"칼 있으면 좀 주십시오."

부인은 칼을 가져다 주었다.

잠시 후 의사가 또 "드라이버 같은 거 있으면 좀 갖다 주시죠."라고 했다.

부인은 초조한 마음을 뒤로 하고 드라이버를 가져다 주었다.

곧이어 의사가 나오면서 "혹시 전기톱 있습니까?"라고 묻자 부인은 울먹이며 말했다.

"도대체 무슨 병이기에 이러세요? 죽는 겁니까?"

"아, 저…… 죄송합니다. 진료 가방이 안 열려서……."

할아버지의 인공수정

홀아비로 살던 남자가 늙어서 결혼을 했는데 몇 해가 지나도 아기가 생기지 않는 것이다.

할아버지는 병원에 가 인공수정을 부탁했다.

간호사는 유리병 하나를 주며 정액을 담아오라고 했는데 한참이 지나도록 할아버지가 돌아오지 않았다.

찾아나선 간호사는 화장실에서 할아버지의 목소리를 들었다.

할아버지 : 끄~응. 끄~응. 휴~ 오른손 힘이 다 빠졌어…. 끄~
응. 끄~응. 끙끙. 이젠 왼손의 힘도 다 빠졌어.
휴…….

화장실에서 나오다 간호사와 마주친 할아버지가 유리병을 내밀며 말했다.

할아버지 : 아무래도 안 되겠어. 대신 해주게.

간 호 사 : (놀라서 소리치며) 안 됩니다! 이건 꼭 어르신께
서 하셔야 합니다.

할아버지 : 병 뚜껑이 안 열려서 좀 열어달라는데 그렇게 펄
쩍 뛰긴…….

입사 원서

- • 모든 타이어는 입으로 불어넣겠습니다.
  – 타이어 회사 지원자
- • 자동차 충돌 시험을 할 때 본인이 직접 탑승한 후 보고서
  를 제출하겠습니다. 구급차는 필요 없습니다. 실험 후 본
  인이 직접 걸어서 병원까지 가겠습니다.
  – 자동차 회사 지원자
- • 수중 작업을 할 때 산소통은 필요 없습니다. 용접봉도 주
  지 마십시오. 라이터로 용접하겠습니다.
  – 조선소 지원자
- • 독도 기지국 건설할 때 송신탑 들고 있겠습니다. 간식은
  사양합니다. 갈매기로 해결하겠습니다.
  – 이동통신 지원자

언제 오셨어요?

철수 아버지와 영희 아빠는 옆집에 사이좋게 살았다.

어느 날 목욕탕에서 둘이 만났다.

그런데 철수 아버지의 거시기가 보통 물건이 아니었다.

주눅 들은 영희 아버지는 부럽기가 한이 없었다.

뒤돌아 쪼그리고 앉아 때를 밀던 영희 아버지가 용기를 내어 물었다.

"저, 철수 아버지. 어떡하면 그렇게 클 수가 있어요?"

그러자 철수 아버지는 자랑스럽게 어깨를 으쓱대며 말했다.

"나는 마누라하고 하기 전에 침대 모서리에다 거시기를 몇 번 탕탕 치고 해요. 그렇게 계속 하면 거시기가 점점 커져요."

영희 아버지는 고맙다고 하고는 집으로 갔다.

마침 마누라가 낮잠을 자고 있었다.

그는 자기 물건을 꺼내 세웠다.

철수 아버지가 일러준 대로 그는 하기 전에 물건을 침대 모서리에 세게 쳤다.

'탕탕탕.'

그러자 자고 있던 마누라가 말했다.

"어머, 철수 아버지 언제 오셨어요?"

여학생들의
은밀한 대화

여학생 세 명이 교실 구석에 모여 무엇인가를 들고 은밀한 대화를 나누고 있었다.

"난 넣고 있을 때가 가장 행복해! 넌 어때?"

"나도 넣는 순간 그 짜릿한 기분이 제일 좋아!"

"아니야. 누가 뭐래도 뺄 때 그때가 제일 좋아. 기대감이 있잖아!"

"그래. 근데 넌 뺄 때 어떻게 하니? 난 잘 안 빠져서 너무 힘들던데."

"난 그냥 찢어. 그래야 돈 빼기 편하잖아."

그녀들은 돼지저금통을 들고 있었다.

야한 책

어느 날 우연히 서점에서 주위를 둘러 보는데 책 하나가 눈에 띄었다.

"이것이 XX털이다!"

중요한 XX 부분만 가려져 있었던 것이다.

흥분을 감추고 떨리는 맘으로 조심스레 가려진 부분을 벗겨 냈다.

"이것이 X지털이다!"

더욱더 가슴이 떨렸다. 다소 불안한 마음에 슬며시 주위를 둘러보았다.

아무도 쳐다보지 않는다는 확신이 생겼을 때 가려진 마지막 부분을 벗겼다.

"이것이 디지털이다!"

아저씨, 누구세요?

매일 꼴찌만 하는 아이가 있었다.

아들이 매일 꼴찌만 하자 더 이상 참지 못한 아버지는 시험 전날 아들을 불렀다. 그리고는 중대 발표를 하듯 한 가지 제안을 했다.

"아들아, 네가 만약 꼴찌를 면하면 소원을 하나 들어 주겠다."

아들이 기뻐하자 아버지가 한 마디 덧붙였다.

"그러나 또 꼴찌를 하면 너는 더 이상 내 아들이 아니다."

다음날 아들이 시험을 보고 돌아왔다. 아버지는 아들에게 물었다.

"얘! 어떻게 됐니?"

아들이 대답했다.

"아저씨, 누구세요?"

첫날밤 고백

신혼여행 첫날밤.

밤이 깊어가고 분위기가 무르익자 신부가 먼저 과거를 고백했다.

"저……, 스무 살 때 한 남자를 만나 깊게 사귄 적이 있어요. 사실 아직도 그를 잊지 못하고 있어요."

그러자 신랑은 침대에서 조용히 일어나더니 담배를 피워 물었다.

그리고 양주를 벌컥벌컥 마시더니 오히려 홀가분하다는 표정으로 말했다.

"그래? 사실 나도 남자가 있어."

Chapter 4 (챕터 포)

영어 시간이었다.

선생님 : 오늘은 chapter 4다. (챕터 포 다)

친 구 : 네! 하더니 명랑한 표정으로 '책을 덮었다'

미술 시간

대학을 갓 졸업한 유치원 선생님이 미술 수업을 맡았다.

특별한 주제가 떠오르지 않아 각자 '가장 좋아하는 것'을 그려보기로 했다. 꽃을 그리는 아이, 나비를 그리는 아이, 로봇을 그리는 아이 등등.

너무나도 귀엽고 사랑스러운 모습에 선생님은 기분이 좋아졌다.

그런데 한 아이가 검은색 크레파스로 스케치북을 온통 까맣게 칠하고 있는 것이 아닌가. 소스라치게 놀란 선생님이 조심스럽게 다가가 물었다.

"지금 뭘 그리고 있니?"

아이가 대답했다.

"김 그리고 있는데요."

수영장

수영장에서 한 여자가 아슬아슬한 비키니를 입고 걸어가고 있었다. 관리인이 그 여자를 붙잡고 말했다.

"아가씨, 이곳에서는 투피스 수영복은 못 입게 돼 있습니다."

그러자 그 아가씨 왈,

"그러면 둘 중에 어느 것을 벗을까요?"

옆집 여자와 남편

한 부부가 새 아파트로 이사를 왔다. 바로 옆집에는 키 크고 예쁜 모델이 살고 있었고, 남편은 거의 매일 무언가를 빌리러 간다며 옆집을 들락거렸다. 남편이 옆집에 머무르는 시간이 점점 길어지자 부인은 슬슬 화가 나기 시작했다.

하루는 옆집에 간 지 30분이 다 되자 화가 난 부인이 벽을 막 두드렸다. 그래도 아무 대답이 없자 옆집에 전화를 했다. 하지만 아무도 받지 않았고 부인은 씩씩거리며 옆집 앞으로 가서 문을 두드렸다.

그러자 잠옷 차림의 옆집 여자가 땀이 맺힌 얼굴로 나와 문을 열었다.

부인은 화가 머리 끝까지 나서 소리쳤다.

"우리 남편이 도대체 왜 이렇게 오래 있는 거예욧!?"

그러자 옆집 여자가 대답했다.

"아줌마, 그렇게 자꾸 방해하면 더 늦어지기만 해요."

치과 의사

어떤 사람이 치과에 가서 이 하나를 빼는데 치료비가 얼마냐고 물었다.

의사가 2만 원이라고 대답하자 그 사람은 깜짝 놀라며 말했다.

"아니, 뽑는데 1분도 걸리지 않는데 왜 그렇게 비싸죠?"

그러자 심각한 표정으로 의사가 말했다.

"물론 환자분이 원하시면 아주 천천히 뽑아드릴 수도 있습니다."

마누라의 질투

선거에 출마했던 사람이 개표가 끝나 풀이 죽어서 집으로 돌아오자 아내가 물었다.

"그래, 몇 표나 얻었어요?"

"두 표 얻었소."

그러자 아내는 남편을 마구 때리기 시작했다.

"왜 때리는 거요?"

아내가 몹시 화난 얼굴로 말했다.

"당신 좋아하는 여자 생겼지?!"

어느 공처가의 항변

어떤 공처가의 집에 친구가 놀러갔다.

공처가가 앞치마를 빨고 있자 이를 본 친구가 혀를 끌끌 차며 참견했다.

"한심하구먼. 마누라 앞치마나 빨고 있으니. 쯧쯧쯧."

이 말을 들은 공처가가 버럭 화를 내며 말했다.

"말조심하게. 내가 어디 마누라 앞치마나 빨 사람으로 보이나? 이건 내 거야!"

철수와 영호

철수와 영호는 대입시험을 봤는데 영호는 대학에 합격했지만 철수는 떨어졌다.

크게 낙심한 철수는 매일 술독에 빠져 살았고, 날이 지날수록 철수의 방 안엔 술병들로 가득 채워졌다.

보다 못해 영호가 철수에게 말했다.

"철수야. 너 이러는 거 정말 못난 짓이야. 우리 4년 뒤에 다시 만나서 서로의 모습을 확인하자. 그때는 좀 더 멋진 사람이 되었으면 좋겠구나."

그리고 4년이 흘렀다. 영호는 좋은 회사의 직원이 되어 멋진 차를 타고 왔다.

그런데 철수는 영호 차보다 훨씬 좋은 리무진을 타고 나타났다.

영호는 너무 반가워서 외쳤다.

"철수야, 네가 드디어 정신을 차렸구나! 이야, 얼마나 열심히 살았으면 벌써 리무진을 샀니?"

그러자 철수가 웃으며 말했다.

"응, 병 팔았어."

웃음 백서

포도 다이어트

　　다이어트를 하기로 결심한 동생이 여러 다이어트 서적을 보던 중 포도 다이어트가 몸에도 좋고 미용에도 좋다는 글을 읽고 포도 다이어트를 시작했다.

　　포도 다이어트란 밥 대신 포도만 먹으면서 살을 빼는 것이다.

　　그런데 삼일째 되던 날 동생이 그만 의식을 잃고 쓰러졌다. 우리집 식구들은 너무 놀라 병원에 데리고 갔고, 의사 선생님의 진찰을 받은 후 어머니가 의사에게 조심스럽게 물어 보았다.

　　"저, 선생님. 영양실조인가요?"

　　그러자 어이없는 의사의 대답.

　　"농약 중독입니다."

할아버지는 어디에?

아들이 울먹이며 아빠를 따라가고 있다.

아들 : 아빠, 이제 정말 똘이 못 봐?(똘이는 강아지 이름)
아빠 : 그래, 똘이는 이제 좋은 곳으로 갔어. 다시 못 봐.
아들 : 아빠, 마지막으로 한 번만 볼게.
아빠 : (흠칫 놀라며) 꼭 봐야겠니?
아들 : 네.(대답과 동시에 상자를 열어 버린다.)

텅 빈 상자 안을 보며 아들이 말했다.

아들 : 아빠, 똘이가 없어.
아빠 : 똘이는 이제 할아버지 계신 곳으로 갔단다.
아들 : (아빠를 보며 울먹이며) 정말?
아빠 : 그래.
아들 : (울음을 터뜨리며) 그럼 할아버지도 아빠 뱃속에 있어?

웃음 백서

처녀의 방귀

어떤 처녀가 할머니와 택시 합승을 하고 가는데 배가 살살 아파오면서 방귀가 나왔다.

처음 몇 번은 참던 처녀.

하지만 시간이 지날수록 더 이상은 참을 수가 없었다.

처녀는 이리저리 머리를 굴려 꾀를 내어 유리창을 손가락으로 문지르면서 '뽀드득' 소리가 날 때마다 방귀를 뿡뿡 뀌었다.

속이 그렇게 시원할 수가 없었다.

그런데 할머니가 그 처녀를 빤히 쳐다보며 이렇게 말했다.

"냄새는 어쩔 건데!"

대학 동창

대학 시절 사귀었던 두 남녀가 중년이 되어 동창회에서 만났다. 남자가 안부를 물었다.

"어떻게 지내?"

"좋은 일과 나쁜 일이 있지."

"나쁜 일부터 말해 봐."

"얼마 전에 난관 수술을 했어."

"저런, 지금은 괜찮아?"

"응."

"그럼 좋은 소식은 뭐야?"

"너 학교 반지 잃어 버렸었잖아, 수술 중에 찾았어."

낚시하러 간 남편

집에 전화를 건 남편은 아내에게 말했다.

"일주일 동안 낚시할 기회가 생겼어. 당장 떠나야 해. 내 옷과 낚시 도구와 실크 잠옷 챙겨줘. 한 시간 후에 가지러 갈게."

한 시간 후, 황급히 집에 들른 남편은 아내를 포옹하고 급하게 재촉한 일을 사과하고 서둘러 떠났다.

일주일이 지나 남편이 돌아오자 아내가 물었다.

"재미있었어요?"

"그럼, 낚시는 잘 했어. 그런데 당신은 내 실크 잠옷 챙겨 주는 걸 잊었더군."

그랬더니 아내가 이해 못할 표정으로 말했다.

"그거 당신 낚시 도구통에 넣었는데요?"

이상한 대답

1. 세계 정복을 하려면 무슨 대학을 가야 할까요?

   ▶ 반지원정대.

2. 아기가 태어나면 의사가 아기 엉덩이를 왜 때리는 걸까요?

   ▶ 생일빵.

3. 어젯밤엔 우리 아빠가 다정하신 모습으로 한 손에는 크레파스를 사가지고 오셨어요. 부럽죠, 부럽죠, 헤헤.

   ▶ 니꺼라고는 안 했다.

4. 참새는 쩍쩍, 오리는 꽥꽥, 까마귀는 까악까악, 비둘기는 구구구, 제비는 어떻게 우나요?

   ▶ 사모님

5. 사람들이 저보고 이슬만 먹고 살 것 같대요. 아이 부끄러. 보는 눈은 있어 가지고.

   ▶ 참이슬이겠지.

6. 제가 똥꼬를 긁다가 손에 묻었어요. 어떻게 하죠?

   ▶ 너 지금 그 손으로 타자 쳤냐?

7. 초딩, 유딩, 직딩, 고딩 등 이런 말은 모두 어디서 나온 말인지 궁금해요!

   ▶ 입에서.

8. 심각한 고민이 있어요. 저는 진짜 상체는 권상우일 정도입니다. 하지만 하체가 너무 부실해요, 하체에 지방이 껴서 고민입니다. 어떻게 하죠?

   ▶ 팔로 걸어다녀.

9. 천국의 계단. 어떻게 끝나게요?

   ▶ 그동안 시청해 주신 여러분께 감사드립니다.

10. 제가 오늘 프로포즈 받았는데요. 제 손가락에 물 한 방울 안 가게 하겠다네요. 호호호. 이게 무슨 뜻인 줄 아세요?

   ▶ 씻기지도 않고 감금.

재미있는 답들

1. 사람들은 옷을 왜 입을까요?

   ▶ 저도 그게 불만입니다.

2. 지금 고1인데요. 지금 담배 피우고 술 마시고 여자랑 맨날 노는 양아치들은 커서 뭐가 되나요?

   ▶ 고2

3. 오늘 제 생일선물로 여자친구에게 문희준 앨범을 선물로 받았습니다. 부럽냐?

   ▶ 헤어지자는 뜻입니다.

4. 고3인 남자친구에게 선물을 주고 싶은데, 뭐가 좋을까요? 전 고2거든요. 특별하고 기억에 남을 선물로 좀.

   ▶ 고3 남자친구라……. 헤어지는 게 최고의 선물 아닐까요?

5. 설렁탕을 먹으면 설렁해지고. 추어탕을 먹으면 추워지면. 목욕탕 먹으면 목에다가 욕을 하나요?

   ▶ 저 28일 날 이 놈 만납니다. 조회수만큼 패줄게요.

6. 올해 중학생이 되는데, 중학교 가면 초등학교랑 틀린 게 뭐가

있을까요?

▶ 초딩을 욕할 수 있습니다.

7. 미용사 언니가 머리를 바보로 만들어놨어요. 어떡해요 ㅠㅠ.

▶ 육체와 정신이 하나 되는 순간.

8. 키스할 때 가슴을 만지는 남자는 선수입니까?

▶ 팬티 만지면 감독이겠네?

9. '국회의원' 을 다섯 글자로 줄이면?

▶ 여기 네 글자를 다섯 글자로 줄여달라는 바보가 있습니다.

10. 귤에서 오줌맛이 난다. 껍질을 먹어서 그런가.

▶ 너 오줌맛 어떻게 아는 거냐?

11. 얼굴 못생기고 옷 잘 입는 거랑, 얼굴 잘생기고 옷 못 입는
거랑. 어느 게 좋아?

▶ 예쁘고 안 입은 거.

여자의 궁금증

여자 : 정말 궁금해서 물어보는 건데…….

남자 : ???

여자 : 남자도 앉아서 오줌 눌 수 있어?

말도 안 되는 질문일지 몰라도 정말 궁금하다는 표정으로 물어보던 그녀. 참으로 엽기적입니다.

그러자 남자 정말 황당하다는 표정으로…….

"야! 빙신아, 그럼 남자들은 똥 누다가 일어나서 오줌 누고 다시 앉나?"

어느 동창회

90대 할머니들의 초등학교 동창회가 있었다.

모처럼 모여 식사를 하고 나서 한 할머니가 이렇게 말했다.

"애들아 우리 모였으니 교가나 부르자."

그러자 모두 놀라 할머니를 주시했다.

"아니, 여태껏 교가를 안 잊고 있었단 말이야. 우린 모두 잊어서 아는 사람이 없는데…… 그럼, 네가 한 번 불러 봐라."

주위에서 불러 보라고 권하자 할머니는 의기양양하게 일어나 부르기 시작했다.

"동해물과 백두산이 마르고 닳도록 하나님이 보우하사 우리나라 만세~"

그러자 할머니들이 하나같이 박수를 치며 이렇게 말했다.

"애는 학교 다닐 때에 공부도 잘하더니 기억력도 참 놀랍네."

칭찬을 받은 할머니 집에 돌아와 의기양양하게 할아버지에게 오늘 있었던 일을 말했다.

할아버지도 깜짝 놀라며,

"아니, 여태껏 교가를 안 잊었단 말이야? 거 참 신기하네. 다시 한 번 불러 봐요."

그러자 할머니는 또 벌떡 일어나 아까와 같이 신이 나서 교가를 불렀다.

그러자 할아버지 왈,

"이상하네. 우리 학교 교가와 비슷하네~"

유머로 보는 혈액형

1. 모르는 사람의 번호가 부재중일 때

   A형 : 친구들한테 물어 본다.

   B형 : 야, 너 누구야? 전화 건다.

   O형 : 문자 날린다.

   AB형 : 왠지 기분 나쁘다. 그래도 전화는 건다.

2. 고백 받았을 때

   A형 : 응? 뭐라고? 못 들은 척

   B형 : 네가 날 좋아해?!!!

   O형 : 아……, 진짜?

   AB형 : 내가 어디가 좋아?

3. 싫어하는 애가 친한 척할 때

   A형 : 어. 그래? 하며 조금 차가워진다.

   B형 : 절로 가서 놀아라 쫌. -_-

O형 : 일단 놀아 주는 척한다. 그러곤, 아이씨. 쟤 뭐야?

AB형 : 튄다.

4. 성적 열라 못 나왔을 때

A형 : 울진 않지만 짜증낸다.

B형 : 찢는다. '우어어어어어어!!!'

O형 : 아무 말 없이 좌절하다가 다시 원상태로……, 헐, 됐
어! 괜찮아!

AB형 : 엄마한테 변명할 거릴 만든다.

5. 화장실에 휴지 없을 때

A형 : 어쩌지……?

B형 : 거기, 밖에 누구 없어요?? 나 휴지 좀 줘요!!!

O형 : 여보세요? 그래. 나 여기 화장실.

AB형 : 아예 휴지가 없으면 들어가질 않는다.

제일 못생긴 여자로
부탁해요

오랫동안 집을 떠나 타지에서 근무하던 남자가 근처 홍등가를 찾아 주인여자에게 100만 원을 쥐어 주며 말했다.

"이 집에서 제일 못생긴 아가씨 한 명만 부탁해요."

그러자 주인여자는 의아해 하며 말했다.

"손님, 이 돈이면 제일 예쁜 아가씨를 부를 수 있는데요?"

그러자 남자가 대답했다.

"아줌마, 나는 색골이 아니오. 단지 마누라가 그리워졌을 뿐이오."

모기에 물렸을 때 긁기 힘든 곳

6위 : 허벅지

▶ 모기도 참, 물기도 힘든 데 들어간다. 특히 허벅지 안쪽. 남이 보는 앞에서 긁으면 변태 취급 받는다.

5위 : 복사뼈

▶ 긁으면 때 나온다.

4위 : 배꼽

▶ 긁으면 피 나올 것이다.

3위 : 귀

▶ 부처님 된다. 이어폰을 낄 수가 없다.

2위 : 눈꺼풀

▶ 눈이 팅팅 부어서 앞이 안 보인다.

1위 : 발바닥

▶ 가려움과 간지러움을 둘 다 유발시키는 곳이다. 여기
물리면 십중팔구 3일 동안 긁지도 못한다.
긁으면 간지럽고, 안 긁어도 가려운 곳이다.

남자와 여자의 차이

성장 속도

▶ 여자는 17세에 이미 다 성장한다.

▶ 남자는 37세에도 오락과 만화에 빠져 허우적댄다.

세면실

▶ 남자가 필요한 건 6가지 – 칫솔, 치약, 면도기, 면도크림,
비누, 수건

▶ 여자가 필요한 건 437가지 – 남자가 모르는 그밖의 것들

외출

▶ 남자가 외출할 준비가 되었다고 하면, 실제로 나갈 준비가
된 것이다.

▶ 여자가 준비가 되었다고 하면, 실제로 씻기, 화장하기, 옷
고르기 등을 제외한 나머지가 끝났다는 것이다.

추억

▶ 결혼 후에 여자는 결혼식 날의 추억에 빠진다.

▶ 남자는 총각 시절의 그리움에 빠진다.

계산

▶ 남자끼리 식사를 하고 나면 서로 지갑을 꺼낸다.

▶ 여자끼리 식사를 하고 나면 서로 계산기부터 꺼낸다.

통화

▶ 남자는 중요한 약속이나 안부를 묻기 위해 가끔 전화를 사용한다.

▶ 여자는 하루 종일 같이 지낸 친구 사이에도 자기 전에 3시간 이상 통화한다.

화장실

▶ 남자는 화장실을 생리학적 목적 외에는 사용하지 않는다.

▶ 여자는 화장실을 사회적인 목적으로도 사용한다.

▶ 남자는 화장실에서 서로 애기를 하지 않는다.

▶ 여자는 오래된 친구처럼 이 애기 저 애기 한다.

나방 이야기

한 남자가 심장 전문의 진료실로 찾아와 말했다.

"실례합니다. 저를 도와 주실 수 있겠습니까?"

"무슨 일이시죠?"

"전 내가 나방이라는 생각이 듭니다."

"당신은 심장 전문의가 아니라 정신과 의사를 찾아가야 할 것 같소."

"네. 그건 저도 압니다."

"그런데 왜 여기로 찾아왔지요?"

그러자 남자가 말했다.

"저, 불이 너무 환하게 켜져 있어서 나도 모르게 그만……"

여자들끼리
남자 평가하는 법

1위 : 키도 커
> ▶ 이것은 돈도 많고 키도 크다는 뜻.

2위 : 키는 커
> ▶ 이것은 돈은 없고 키는 크다는 뜻.

3위 : 키만 작아
> ▶ 이것은 돈은 있고 키는 작다는 뜻.

4위 : 키도 작아
> ▶ 이것은 돈도 없고 키도 작다는 뜻.

웃기는 교실 속담

- • 빈 가방이 요란하다.
- • 담임한테 뺨 맞고 매점 아줌마한테 화풀이 한다.
- • 재수 없는 놈은 뒤에 앉아도 분필 맞는다.
- • 매점의 새우깡도 사 먹어야 맛이 난다.
- • 참고서 찾아 주니 별책 부록 내 놓으라 한다.
- • 질문 걸린 놈 꼴등 애기라도 듣는다.
- • 말대꾸가 많으면 밟힌다.
- • 담배 놓고 I 자도 모른다.
- • 체육복 잃고 사물함 고친다.
- • 샤프심 도둑이 참고서 도둑 된다.
- • 일등도 꼴찌로부터

한국 남편 !
한국 아줌마 !

1. 마누라가 저녁상을 완벽하게 다 봐놓고 모임을 갔는데도 한국 남자가 저녁을 굶는 이유
   ▶ 밥그릇은 뚜껑이 덮여 있고 반찬은 랩으로 씌워 있어서.

2. 한국 남자가 집 안에서 미끄러지는 이유
   ▶ 자기가 먹고 방 한가운데 던져 놓은 바나나 껍질에 발을 헛디뎌서.

3. 한국 남자가 집 안에서 살살 걷는 이유
   ▶ 여기 저기 자신이 던져 놓은 쓰레기를 피해서 걸어 다니느라.

4. 한국 가정에서 소파를 자주 바꾸는 이유
   ▶ 가운데가 패여서(늘 같은 자세로 누워 있다 보니 하중이 많이 나가는 가운데 부분이 패임).

5. 한국 남자가 마누라에게 신형 휴대폰을 사서 목에 걸어 주는 이유

▶ 소파에 누워 텔레비전 보다가 찬물이 마시고 싶어서(마누라를 불러야 하는데 마누라가 가끔 화장실에 있거나 설거지하느라 남편 목소리를 못 들어서).

6. 한국 여자가 냉장고를 열어 보고 열 받는 이유

▶ 빈 물통이 들어가 있어서(물통의 물을 다 마시고 물이 다 떨어졌는데도 누군가가 그냥 넣어 놓음. 그 누군가가 누굴까요?)

7. 한국 여자가 소파 밑을 청소하다 열 받는 이유

▶ 냄새나고 뒤집어져 있는 양말이 쑤셔 박혀 있어서.

8. 한국 여자가 정말 열 받을 때

▶ 남편이 3박 4일 걸린다던 출장을 2박 3일 만에 마치고 돌아올 때.

9. 한국 여자가 절망할 때

▶ 3박 4일로 간다던 출장이 취소됐다고 좋아하는 남편을 바라볼 때.

예쁜 여학생

소심해서 여자 친구 하나 없는 남학생이 길에서 지갑을 소매치기 당했다. 할 수 없이 버스 정류장을 서성거리며 한참 동안 고민하던 남학생, 옆에 서 있던 예쁜 여학생에게 한참 망설이다가 용기를 내어 말했다.

"저……기 차비 좀 빌려 주시면 안……안 될까요?"

그러자 남학생을 한참 쳐다보던 예쁜 여학생이 방긋 웃으며 말했다.

"좋아요. 그런데 혹시…… 시간 있으세요?"

그 질문에 남학생은 정신을 잃을 것만 같았다.

이렇게 예쁜 여학생이 자기에게 데이트 신청을 하다니…….

남학생은 얼굴이 새빨갛게 되어서는 재빨리 대꾸했다.

"예, 저 시간 무지 많은데요."

그러자 그 여학생은 휙 돌아서며 이렇게 쏘아붙였다.

"그럼, 걸어가."

백수 연가

먹는 것은 욕이요,
뱉는 것은 뻥이다.

남는 것은 시간이요,
모자라는 것은 돈이다.

는 것은 술이요,
준 것은 체력이다.

필요한 것은 용돈인데,
없어진 것은 월급이다.

빨라진 것은 눈치요,
느려진 것은 몸뚱이다.

때리는 곳은 방바닥이요,
맞는 곳은 귀싸대기다.

쌓인 것은 빚이요,
깎인 것은 체면이다.

열린 곳은 입이요,
닫힌 곳은 주머니다.

하는 것은 노는 것이요,
하지 않는 것은 일하는 것이다.

필요 없는 것은 달력과 시계요,
쓸모없는 것은 지갑이다.

잃은 것은 인생이요,
남은 것 또한 인생이다.

아버지와 아들

가방끈이 짧은 아버지가 있었다. 하지만 아들에 대한 사랑은 지극하여 아들이 원하는 건 뭐든지 들어 주는 아버지였다.

어느 날은 아버지와 아들이 해안을 산책하다가 호화 여객선을 구경하게 되었다.

아들 : 이야! 아빠 저게 영어로 뭐야?

아빠 : 후훗. ship이라고들 부르지.

아들 : 우와! 아빠 최고다!!!

그때 여객선의 옆으로 작은 통통배가 지나가고 있었다.

아들 : 아빠 저기 옆에 있는 배는 영어로 뭐야?

아빠 : (머뭇거리더니) "ship새끼……"

chapter 2

마법에 걸리면 생각은 마비되고, 이성은 사라지고, 내 뜻이 아닌 마법의 힘으로 이리저리 끌려 다닌다. 우리 모두 성공하고 싶은 마음에 열심히 노력하지만 뜻대로 되지는 않는다. 여기에 성공을 불러오는 재미있는 마법이 있다. 전혀 어렵지 않고 더불어 함께 성공할 수 있게 만드는 마법, 바로 '웃음'이다.

웃음은 성공을

불러오는 마법이다

오래가는 선물
해군 함장과 일병의 대결
공감대 형성, 이상한 기분
여자들이 스포츠를 싫어하는 이유
화장실 황당 사연들
부메랑
공포 영화 볼 때의 공감
여러 가지 공식들
각 나라별 취집기
무엇일까요?
어느 신혼부부의 첫날밤
여자의 본심
토끼와 달팽이
유능한 변호사
남자용이었어
같은 비율
내일 저녁에 말이야
이거 말 되네
단골 손님
왕비엄마
도넛 요법
내 돈 도로 내놔!
자를 잃어버린……
어느 대학교에서
사모님
축구 해설의 이중성
연령별 차이점
자습 시간
여학생의 질문
뛰는 놈과 나는 놈
절정의 순간
좋아하는 남성상
첫 수업
꼬마와 여선생님
할아버지와 할머니의 대화
세대별 주부 반응
애인, 친구, 부인의 차이점
마케팅의 원리
방귀 뀌는 사람들의 심리
죽이기 10계명
화장실 명언

오래가는 선물

말자와 말숙이는 친한 친구 사이다. 어느 날 말자가 말숙이에게 찾아와서 남자친구에게 받은 금반지를 자랑하였다.

말자 : 우리 자기한테 세상에서 가장 오래가는 선물을 갖고
　　　싶다니까 금반지를 사주는 거 있지, 호호호.
말숙 : 정말? 나도 갖고 싶은데 해봐야겠다.

그리고 말숙은 남자친구에게 전화를 하였다.

말숙 : 세상에서 가장 오래가는 선물을 가지고 당장 튀어와!

그리고 남자친구가 10분 뒤에 도착하였다.
예쁘게 포장되어 있는 포장지를 손에 들고,
근데 반지치고는 쫌 커보인다.

말숙은 목걸이나 좀더 근사한 거겠지 하고 풀어보았다.
선물을 풀어본 말숙이는 뒤로 넘어갔다.
선물은 그 이름하여……

'방부제'

해군 함장과 일병의 대결

군함 한 척이 달도 없는 어두운 밤에 항해를 하고 있었다. 그런데 정면에 불빛이 보이는 것이었다. 군함 정면에 나타난 불빛을 보고 함장은 빛으로 신호를 보냈다.

"방향을 서쪽으로 10도 돌려라!"

상대가 답신을 보냈다.

"당신이 방향을 동쪽으로 10도 돌려라!"

화가 난 함장은 다시 신호를 보냈다.

"나는 해군 함장이다. 네가 방향을 돌려라!"

상대가 다시 신호를 보내왔다.

"나는 해군 일병이다. 그 쪽에서 방향을 돌려라!"

화가 끝까지 난 해군 함장은 최후의 신호를 보냈다.

"이 배는 전함이다. 절대 진로를 바꿀 수 없다!"

그러자 상대도 마지막 신호를 보냈다.

"여기는 등대다. 네 맘대로 해봐라!"

공감대 형성,
이상한 기분

1. 손톱으로 칠판 긁는 느낌.
2. 계란후라이 먹다 계란 껍질 씹는 느낌.
3. 조개 먹다 모래 자글자글 씹은 느낌.
4. 손톱 옆구석에 삐져나온 작은 손톱 껍질 한 번에 톡 잡아당기다 속까지 뜯긴 느낌.
5. 라면 먹다 라면 국물 눈에 튄 느낌.
6. 아침에 일어나서 반사적으로 눈 비비는데 딱딱한 눈곱 낀 느낌.
7. 뜨거운 거 먹다 입 천장 데어 물집 잡힌 느낌.
8. 고구마나 계란노른자 먹다 가슴 한구석이 확 막힌 느낌.
9. 앞니에 고춧가루 껴서 빼려고 하는데 갑자기 잇몸 속으로 들어가 버린 느낌.

여자들이 스포츠를
싫어하는 이유

• • 우선 여자들이 좋아하는 스포츠 선수

3위 : 포켓볼 선수

▶ 저놈은 구녕이 어디 있든 한 큐에 다 집어넣는다.

2위 : 마라토너

▶ 그놈은 지칠 줄 모르는 체력으로 2시간 이상 달리잖아.

1위 : 볼링 선수

▶ 저 새끼는 아무리 쓰러뜨리려고 해도 계속 서네.

• • 그럼 싫어하는 스포츠 순서는

10위 : 야구 선수(타자)

▶ 나쁘다. 방망이를 사용한다.

9위 : 골프 선수

▶ 저놈은 포켓볼 선수랑 달라서 4번 이상 쳐야 한 번 들어가고 한 번 치면 근처에서 기웃거리고 얼쩡거리기만 한다.

8위 : 암벽 등반

▶ 암벽 타는 놈은 절벽 아니면 쳐다도 안 보네.

7위 : 축구 선수

▶ 저놈 정말 짜증 나! 90분 동안 해도 골 한 번 나올까 말까 하잖아.

6위 : 스포츠 마사지 해주는 놈

▶ 저 새끼는 기분을 몽롱하게 만들어놓고 돈받는다.

5위 : 산악인

▶ 저놈은 몇 달에 한 번만 올라간다.

4위 : 야구 선수(마무리)

▶ 실컷 달아올랐는데 불 끈다.

3위 : 씨름 선수

▶ 상대에게 잡아먹을 듯이 달려들고 넘어뜨린 후 제자리로 돌아간다. 약아빠진 놈.

2위 : 레슬링 선수

▶ 최고의 테크니션이다. 하지만 그레코로만형 레슬링 선수는 여자들이 싫어한다.

나쁜 놈이 위에만 만지고 아래는 거들떠보지도 않는다.

1위 : 100m 달리기 선수!

▶ 10초면 끝난다.

화장실 황당 사연들

1. 바지 내리다 주머니 속 동전들이 사방팔방으로 굴러다닐 때
2. 벌어진 문 틈으로 사람들 힐끔힐끔 쳐다볼 때
3. 남녀공용인데 밖에서 여자가 기다릴 때
4. 휴지 없을 때
5. 문고리 없는 화장실에서 손잡이 잡고 일 볼 때 변기와 문과의 거리가 멀 때는 치명적!
6. 겨울에 바바리 입고 들어갔는데 옷걸이 없을 때 잘못해서 새로 산 바바리 끝자락이 변기에 빠졌을 때.
7. 담배꽁초를 휴지통에 버렸는데 거기서 연기날 때 침 열라 뱉어봐도 꺼지지 않으면 최후엔 변기 속의 물을 이용
8. 옆 칸에 어떤 놈 계속 뭘 요구할 때(?) 담배 한 개비만 빌립시다(밑에서 손이 쑥~) 불도 좀(다시 쑥~) 휴지도 좀(또 다시 쑥~)
9. 변기에 침 뱉는다는 게 실수로 거기 맞았을 때 원망할 사람 아무도 없다.

부메랑

비아냥거리기를 좋아하는 그 강사는
"이 방 안에 혹 멍청이가 있으면 일어나 봐요?"
라고 말했다.

한참 만에 신입생 하나가 일어섰다.

"한데 형씨. 어째서 자신을 멍청이라고 생각하는 거지?"
하고 강사는 조소를 머금고 물었다.

"실은 저 자신이 바보라고 생각하지는 않습니다만, 선생님만
혼자 서 있는 게 보기가 딱해서요."

공포 영화 볼 때의 공감

1. 살인마한테 쫓길 때 차에 시동을 켜고 도망가려고 하면 시동이 안 걸린다.

2. 살인마한테 쫓길 때는 꼭 한 번 넘어진다.

3. 살인마한테 쫓길 때 멀리 밖으로 도망 안 가고 꼭 집 안으로 들어와 문을 잠근다.

4. 어디서 이상한 소리가 나면 도망 안 가고 꼭 그쪽으로 가본다, 그리고 죽는다.

5. 여러 명이 있을 때 누가 한 사람이 안 왔을 때 다른 사람이 찾으러 간다고 해놓고 지가 죽는다.

6. 살인마를 처음 발견하고 바로 도망 안 가고 한 번 꼭 5초 이상은 제자리에서 소리를 지르고 도망을 간다. (5초 서 있을 동안 30m를 뛰지 -_-)

7. 살인마한테 쫓길 때 도망가려고 엘리베이터를 탈 때 살인마가 문이 닫히려고 할 때 손을 틈 사이로 끼어서 열려고 한다.

8. 다른 조연이나 엑스트라는 살인마에게 한 번에 당하는데 주인공은 살인마와 싸울 때 대등하게 여러 가지를 던지며 잘 싸운다.

9. 살인마를 죽였다고 생각하고 주인공이 한숨을 쉴 때 다시 한 번 살아나서 공격한다.

여러 가지 공식들

1. 사랑
    - ▶ 똑똑한 남자 + 똑똑한 여자 = 로맨스
    - ▶ 똑똑한 남자 + 멍청한 여자 = 바람
    - ▶ 멍청한 남자 + 똑똑한 여자 = 결혼
    - ▶ 멍청한 남자 + 멍청한 여자 = 임신

2. 일에 관한 수학공식
    - ▶ 똑똑한 상사 + 똑똑한 부하직원 = 이윤, 흑자!
    - ▶ 똑똑한 상사 + 멍청한 부하직원 = 생산!
    - ▶ 멍청한 상사 + 똑똑한 부하직원 = 진급!
    - ▶ 멍청한 상사 + 멍청한 부하직원 = 연장 근무!

3. 쇼핑에 관한 공식
    - ▶ 남자는 꼭 필요한 1달러짜리 물건을 2달러에 사온다.

▶ 여자는 전혀 필요하지 않은 2달러짜리 물건을 1달러에 사
온다.

4. 일반 방정식과 통계

▶ 여자는 결혼할 때까지만 미래에 대해 걱정한다.

▶ 남자는 전혀 걱정 없이 살다가 결혼하고나서부터 걱정이
생긴다.

▶ 성공한 남자란 마누라가 쓰는 돈보다 많이 버는 사람이다

▶ 성공한 여자는 그런 남자를 만나는 것이다.

5. 행복

▶ 남자와 행복하게 살려면 반드시 최대한 많이 그 남자를 이
해하려고 노력해야 하고 사랑은 조금만 해라.

▶ 여자와 행복하게 살려면 반드시 그녀를 아주 많이 사랑하
되 절대 그녀를 이해하려고 해서는 안 된다.

6. 대화 기술

▶ 여자의 말다툼의 끝에는 항상 결론이 있다.

▶ 남자의 말다툼의 끝에는 다른 말다툼의 시작이 따라온다.

각 나라별 쥐잡기

나라별로 쥐잡기 대회가 벌어졌다.
표시를 해둔 쥐 세 마리를 먼저 잡는 쪽이 이긴 것이다.

중　국 : 인해전술 전략을 써서 일주일 만에 쥐 세 마리를 잡
　　　　았다.
러시아 : 일단 쥐 한 마리를 잡은 후 세뇌를 시켜 도망간 쥐들
　　　　의 서식지를 불게 해 5일 만에 잡게 했다.
미　국 : 최첨단 과학 기술로 3일 만에 잡았다.
한　국 : 지나가던 곰 세 마리를 때려잡아 '너는 쥐다' 라고
　　　　협박을 했다.(1시간이 걸렸다.)

이렇게 하여 승리는 한국에게로 가는 듯싶었지만.

일　본 : 일본은 몰래 아까 우리 나라가 잡은 곰을 훔쳐가
　　　　자기 것이라고 우겼다. (10분이 걸렸다.)

무엇일까요?

1. 빨아 주면 좋을 것 같으나 닦아 줘야 수명이 길다.
2. 커지면 당당하고 작아지면 어깨가 움츠려든다.
3. 여자를 사귀면 사용하는 횟수가 많아진다.
4. 결혼하면 사실상 소유권은 여자가 갖는다.
5. 내용물을 보관하는 은행들도 있다.
6. 술을 많이 마시면 여러 번 만져본다.
7. 어두운 곳에 있기를 좋아한다.
8. 화장실에서 가끔 확인해 본다.
9. 대부분의 색이 거무튀튀하다.
10. 깊이 넣으면 더욱 좋다.
11. 잃어버리면 큰일 난다.
12. 비비면 번쩍거린다.

힌트 : 마누라가 노린다.

정답 : 남자 지갑

어느 신혼부부의
첫날밤

어느 날 밤 화성인이 날아와서 신혼부부를 비행접시로 납치했다.

그 비행접시에는 화성인 신혼부부도 있었는데…….

화성인이 하는 말.

"너희들이 살고 싶으면 파트너를 바꿔서 하룻밤을 자야 돼. 그러면 살려 주겠다."

지구인 신혼부부는 고민 끝에 하룻밤인데 뭐 어쩌랴 싶어 눈 딱 감고, 그렇게 하기로 하고 각자 방으로 갔다.

지구인 여자와 같이 자게 된 화성인 남자는 방으로 들어가자마자 옷을 벗었다.

그러나…… 생각보다 화성인 남자의 물건은 작았다.

"애개개, 생각보다 별거 아니구먼."이라며 실망하자 화성인 남자는 껄껄 웃으며 "걱정 마시오, 한 번 귀를 잡아 당겨보시오."하는 것이었다.

지구인 여자가 귀를 잡아당기자 당길 때마다 물건은 점점 커지는 것이었다.

"작게는 어떻게 하죠?"라고 하자 "코를 누르면 작아집니다."

그의 말대로 코를 누르자 작아지고…… 지구인 여자는 환상적인 밤을 보내고…….

다음날 풀려나게 되어 지구인 남편을 만났다.

그런데 남편의 얼굴은 초췌하기 그지없었다.

그녀는 남편에게 어젯밤 화성인 여자는 어땠냐고 물었다.

그러자, 남편은 아주 힘없는 목소리로

"아고, 말도 하지 마라~. 밤새도록 귀 잡아당기는 통에 죽는 줄 알았구먼."

여자의 본심

데이트를 하다가 밤이 깊어서 남자가 여자를 유혹하기 시작했다.

"뭐 어때? 우리는 장래를 약속한 사이인데."

끈질긴 남자의 요구에 못 이겨서 결국 둘은 여관에 들어갔다.

한바탕 폭풍과 섬광이 지나자 여자는 고개를 푹 숙이고 말했다.

"전 이제 어떡해요? 하룻밤에 몇 번씩이나 이 짓을 하고 무슨 낯으로 얼굴을 들고 다닐 수 있겠어요?"

당황한 남자가 물었다.

"아니 무슨 소리야? 몇 번이라니? 우린 한 번 했는데."

그러자 그녀는 고개를 빳빳이 들고 말했다.

"그럼, 겨우 이거 한 번으로 끝이에요?"

토끼와 달팽이

거북이와 경주하여 진 토끼가 잠 못 이루는 밤을 보내다가 피나는 노력과 연습을 한 후 거북이에게 재도전을 신청했다.

하지만 경기 결과는 또 다시 거북이의 승리!

낙심한 토끼가 고개를 푹 숙이고 힘없이 길을 걷고 있는데, 달팽이가 나타나 말을 걸었다.

"토끼야, 너 또 졌다며."

이에 열 받은 토끼가 온 힘을 다해서 뒷발로 달팽이를 찼고 그 힘에 의하여 달팽이는 건너편, 산기슭까지 날아가 버렸다.

그리고 1년 후, 토끼가 집에서 낮잠을 자고 있는데 문을 두드리는 소리가 들린다. 토끼가 문을 열어보니 1년 전, 자신이 발로 찬 달팽이가 땀을 뻘뻘 흘리며 상기된 모습으로 자신을 째려보고 있는 것이 아닌가?

얼굴이 벌겋게 달아오른 달팽이 왈.

"네가 지금 나 찼냐?"

유능한 변호사

지옥과 천당 사이 울타리를 누가 고칠까에 대해 문제를 놓고 천사와 악마가 열을 내고 토론하고 있었다.

한참 싸우다 마침내 화가 머리끝까지 난 천사가 말했다.

"그 울타리를 당장 고치지 않으면 고소할 거야."

악마는 하나도 떨 것 없다는 표정으로 말했다.

"고소를 하든지 말든지 맘대로 해. 그런데 유능한 변호사들이 다 어디 있는지 알지?"

남자용이었어

잠자리에서 남편이 늘 피곤하다며 돌아눕자 참다못한 아내가 의사를 찾아갔다.

"이 약을 잠들기 1시간 전에 남편에게 드시게 하십시오. 그러면 확 달라질 겁니다."

그날 저녁 잠자리에 들기 전 남편에게 한 봉을 먹이고 혹시나 싶어 자기도 슬쩍 한 봉을 먹었다.

이윽고 1시간이 지나자 남편이 벌떡 일어나 외쳤다.

"아, 여자가 그립다!"

말이 떨어지기 무섭게 옆의 아내도 벌떡 일어나 외쳤다.

"아, 나도 여자가 그립다!"

같은 비율

어느 식당 주인이 닭고기 튀김에 말고기를 섞어 팔았다는 죄로 법정에 섰다.

재판장이 닭고기와 말고기를 어떤 비율로 섞었는지 묻자 식당 주인은 경건하게 선서를 하고 대답했다.

"50 : 50으로 섞었습니다."

판사는 죄는 밉지만 그래도 같은 비율로 섞은 게 참작이 된다며 벌금형에 처했다.

재판이 끝난 뒤 한 친구가 식당 주인에게 정말 50 : 50으로 섞었느냐고 물었다.

그러자 식당 주인이 씨~익 웃으며 말했다.

"응, 닭 한 마리에 말 한 마리"

내일 저녁에 말이야

어느 날 남편이 회사에서 퇴근해 아내에게 약간 미안한 듯이 말했다.

"내일 저녁에 말이야, 회사 후배 2명을 집으로 초대했거든……."

이 말을 들은 아내는 약간 짜증을 내며 말했다.

"뭐라고? 아니 왜 그런 일을 당신 맘대로 결정하는 거야? 이렇게 조그만 집에. 나는 요리도 할 줄 모르고 또 당신에게 억지로 애교 부려야 하는 것도 진절머리가 나는데, 당신 후배들한테 잘 해 줄 리 없잖아."

그러자 남편이 시큰둥하게 말했다.

"응, 그거야 이미 알고 있지."

남편의 말에 아내는 더욱 화를 내며 말했다.

"뭐라고? 다 아는데 그럼 왜 초대한 거야?"

그러자 남편이 말했다.

"그 녀석들이 결혼하고 싶다고 바보 같은 소리를 자꾸 하잖아. 그래서……."

이거 말 되네

1. '엉엉 울다가 하하 웃는 사람'을 5자로 줄이면?
   ▶ 아까운 사람.
2. 도둑이 도망가다 세 갈래 길을 만났다. 어느 길로 도망갔을까?
   ▶ 왼쪽(도둑은 바른길로 가지 않으므로).
3. 못생긴 여자가 목에 스카프를 하고 있을 때 우리는 이를 이렇게 부른다.(3자)
   ▶ 호박잎.
4. 시장 바구니를 들고 카바레로 들어가는 여인을 이렇게 부른다.(6자)
   ▶ 볼장 다 본 여자.
5. 고추장, 간장, 된장을 만들던 엄마가 잘못 만들어 버리면 무슨 장이 될까?
   ▶ 젠장.
6. 거지는 어떤 여자와 결혼하면 굶어죽지 않을까?
   ▶ 밥통 같은 여자.

단골 손님

2차 영업까지 하던 유흥주점에 살고 있던 앵무새가 있었다.

그런데 그 집이 경찰 단속으로 문을 닫게 되자 앵무새도 다른 곳으로 팔려가게 되었다.

그 앵무새를 어떤 소년이 사게 되었는데 새 집으로 들어서자 앵무새가 "어어? 집이 바뀌었네~!!"라고 하는 것이었다.

아주 똑똑한 앵무새인 것이었다.

조금 있다가 소년의 엄마가 들어 왔다.

그러자 앵무새가 "어라? 마담도 바뀌었네~!!"라고 하는 것이었다.

그리고 소년의 누나가 들어왔다.

이번에는 앵무새가 "뭐야? 아가씨도 바뀌었잖아~!!"라고 하고, 마지막으로 소년의 아빠가 들어왔다.

그러자 앵무새는

"음~~! 단골은 그대로군~음~!"

왕비 엄마

왕비병이 심각한 엄마가 음식을 해놓고 아들과 함께 식탁에 앉았다.

엄마 왈, "아들아! 엄마는 얼굴도 예쁜데 요리도 잘해 그렇지?" 하면서 "이걸 사자성어로 하면 뭐지?"

엄마가 기대한 대답은 "금상첨화."

아들의 답, "자화자찬."

엄마 왈, "아니. 그거 말고 다른 거."

아들의 다른 답, "과대망상요?"

엄마는 거의 화가 날 지경이 되었다.

"아니 '금' 자로 시작하는 건데……."

그러자 아들의 하는 말

"금시초문?"

도넛 요법

어느 날, 다섯 살짜리 아들을 둔 주부가 아들을 목욕시키려고 옷을 벗겼는데 아들의 고추가 같은 또래 애들보다 훨씬 더 작은 것이었다.

엄마는 아들의 장래가 걱정이 되어 아이를 데리고 비뇨기과에 갔다.

"선생님, 제 아들 고추가 너무 작아 걱정이 돼서요."

"매일 따뜻한 도넛을 한 개씩 먹이면 될 겁니다."

정숙한 여자인 엄마는 도넛 가게로 직행하였다.

"아주머니, 따뜻한 도넛 7개만 주세요."

도넛을 많이 주문하자 궁금한 아들이 엄마에게 물었다.

"엄마 하루에 하나면 되는데, 왜 일주일치 사는 거야?" 라고 아들이 말하자 엄마가 하는 말.

"나머지 여섯 개는 니 애비 거다, 이놈아."

내 돈 도로 내놔!

사업이 망해 실의에 빠진 남편이 한탄했다.

"아, 2,000만 원만 있으면 다시 시작할 수 있을 텐데……."

그러자 그의 아내가 조용히 다락에 올라가 항아리를 가지고 내려왔다.

항아리에는 2,000만 원이 넘는 거금이 들어 있었다.

아내가 수줍어하며 이렇게 말했다.

"당신이 밤에 나를 기쁘게 해 줄 때마다 1만 원씩 모아 두었던 거예요."

그런데 기뻐해야 할 남편은, 후유~ 긴 한숨을 쉬며 말했다..

"내가 바람만 피우지 않았다면 지금쯤 1억은 됐을 텐데."

"이쒸~ 내 돈 도로 내놔!!"

자를 잃어버린······

내가 직장생활을 시작한 지 얼마 안 되었을 때이다.

사무실에 미선이라는 입사동기 여자애가 있었는데 어찌나 성격이 괄괄한지.

편하게 반말 하고 술 먹다가 욕도 잘 하고 술도 잘 먹고······.

거의 남자나 다름없던 여자애였다.

같은 사무실에서 근무를 하다보니 재미있는 일이 많았다.

그중에 한 가지 사연을 소개해 볼까 한다.

어느 날 과장님이 갑자기 저를 부르시더니

"야! 어디 자 없냐?"

이러시기에

"가져오겠습니다."고 우선 대답을 하였다.

그러나 자를 가지고 있지 않던 저는 동기의 책상에 자가 보이기에 슬쩍 가져다 과장님한테 드렸다.

한참 있다가 과장님이 저를 부르시며 "자 잘 썼다." 그러시곤 제게 자를 주셨다.

저는 그냥 자를 받아 제자리에 놔두었는데 아마 며칠이 지났던 것 같다.

미선이는 자기 자에다 이름을 써놓았던 모양이다.

그리고 자가 없어졌다며 한참 찾았었던 것 같다.

한참 사무실에서 일을 하고 있는데 뒤에서 미선이가 "너······ 너······ 그거······." 이러는 소리가 들리기에 뒤를 돌아보았는데.

미선이가 이렇게 소리 지르는 것이었다.

온 사무실이 떠나가게 큰소리로 "내 자지!" 하고 소리를 지르는 게 아닌가.

순간 아연실색한 직원들이 미선이를 쳐다보았다.

미선이는 처음에는 상황 파악이 안 되어 어리둥절했지만 결국은 얼굴이 빨개져서 도망치듯 나가버렸다.

어느 대학교에서

중간고사 대신 상황 설정에 따른 영어 실력으로 점수를 준다고 했다.

교수 : 다음, 김군하고 최군 앞으로.
교수 : 김군은 한국에서 미국에 관광차 찾아간 한국인, 그리고 최군은 미국에 사는 현지인.
　　　자, 시작해 볼까~ 제한 시간은 3분.
김군 : (한국인 관광객) Excuse me, Can you speak korean?
최군 : (미국 현지인) Yes, I can.
김군 : 한국말을 할 줄 아시는 분이시군요, 반가와요. 자유의 여신상 가려면 어떡해요?
최군 : 네, 저기서 녹색버스 타고 네 정거장 가서 내리세요.
김군 : 감사합니다.

최군 : 모국에서 타국인에게 그 정도는 해야죠. 안녕히 가세
　　　요.

교수 : '있을 법한 상황'이므로 인정한다.

　교실은 뒤집어졌고, 교수님은 이를 패러디할 경우 F에 처한
다는 저작권보호성 경고까지 했다.

사모님

어느 자가용 운전사가 주인집에 들어갔다.

방에는 아무도 없고 욕실에서 목욕하는 듯한 물소리만 들렸다.

기사는 욕실 문을 두드리며 소리쳤다.

"어이, 오늘 어디 갈 데 있어?"

순간 욕실 안에서 화가 잔뜩난 주인의 목소리가 들려왔다.

"아니 자네 미쳤나? 그게 무슨 말버릇인가?"

그러자 기사는 당황하여 대답했다.

"아이고! 죄송합니다. 전 또 사모님인 줄 알았습니다."

축구 해설의 이중성

•• 볼을 빙빙 돌리며 시간을 끌 때

상대국이 이기고 있을 때 :

시간 끌기를 하죠. 더티한 행위예요. 저런 선수는 당장 퇴장시켜야 되죠.

한국이 이기고 있을 때 :

좋아요. 우리 선수들이 체력을 아낄 시간을 벌어 주고 있는 거죠.

네, 노련미가 돋보이는 선수입니다.

•• 원정 게임

상대국이 지고 있을 때 :

시차 때문에 초반에는 실력이 안 나온다 해도 후반에는 나올 텐데요.

저 선수들, 시차 극복은 선수들의 기본이란 것을 알려 주고 싶군요.

한국이 지고 있을 때 :

안타까워요, 안타까워요. 역시 시차 때문에 선수들의 컨디션이 안 좋은 것 같네요.

● ● 핸들링

상대국이 했을 때 :

네, 손을 썼어요. 축구는 발로 하는 경기라는 사실을 모르는 것 같아요.

한국이 했을 때 :

공이 손에 맞았어요. 아주 좋은 찬스였는데, 안타깝게도 공이 손에 맞았어요.

● ● 반칙

상대국이 했을 때 :

저런 야비한 행위를 하는군요. 페어플레이 정신에 어긋난 행위는 안 되죠. 선수 자질이 의심스러워요.

한국이 했을 때 :

네, 아주 중요한 순간에 잘 잘랐어요. 상대방 분위기를 잘 꺾었어요. 노련하죠.

•• 심판의 오심

상대국에 대한 오심 :

심판도 사람이에요. 실수할 때가 있죠. 안 그렇습니까.

한국에 대한 오심 :

심판이 눈이 멀었나 보네요. 심판에게 경고를 줄 수 있다면 저건 퇴장감이죠.

연령별 차이점

• • 더운 여름날 낮에 갑자기 예고도 없이 비가 내릴 때!

10대 : 터프한 척하며 우산도 없이 용감(?)하게 산성비 다 맞고
걸어간다!

20대 : 창이 커다란 분위기 좋은 카페에서 커피 마시며 분위기
잡는다!

30대 : 허리가 아파서 꼼짝도 못한다!

• • 저녁에 주로 시청하는 TV 프로그램

10대 : 짱구 같은 만화영화, 좋아하는 연예인이 나오는 가요프
로그램이나 그 외 오락 프로그램 등.

20대 : 야구 · 축구 · 배구 · 농구 중계, 9시 뉴스 등.

30대 : 마누라가 좋아하는 프로그램.

• • 호프집에서 술값 계산할 때

10대 : 카운터 뒤에 서서 선배가 눈물 삼키고 계산하는 걸 꼿꼿이 지켜본다.

20대 : 카운터 바로 앞에서 서로 계산하겠다고 호기부린다.

30대 : 그 자리에 앉은 채 신발 끈만 100번도 더 고쳐 맨다.

• • 이상형의 여성상

10대 : 예쁘고 착한 여자

20대 : 예쁘고 착하고 날씬하고 섹시한 여자.

30대 : 예쁘고 착하고 날씬하며, 심부름 안 시키고 때리지 않는 여자.

• • 싫어하는 여자

10대 : 못생긴 게 공부만 잘하는 여자.

20대 : 잘난 척, 예쁜 척, 있는 척하는 여자.

30대 : 힘만 센 여자.

자습 시간

조용히 자습하고 있었지만 학생들이 이어폰을 끼고 음악을 들으면서 공부하고 있었다.

그때 선생님이 들어왔다.

"공부하는데 왜 음악을 들어. 이어폰 빼!!!!"

학생들은 궁시렁궁시렁 이어폰을 다 뺐다.

그런데 어느 한 학생은 이어폰을 빼지 않는 것이었다.

선생님이 "넌 왜 안 빼?!!!" 하고 소리지르자,

"엠씨스퀘언데요."

그러자 선생님 왈.

"팝송도 안 돼!!!"

여학생의 질문

얼마 전에 환경선생님(남자분)이 여자반에서 있었던 일을 얘기해 주셨다.

선생님이 수업하는데 앞에 앉은 학생이 친구랑 이야기하다가 질문하더란다.

"선생님, 새들은 어떻게 교미해요?"

(선생님이 새에 대한 지식이 좀 많으신터라)

순간 당황한 선생님은 민망하기도 해서 잠깐 생각한 후 간단하게 대답해 주셨단다.

"만약 네가 친구를 업었다고 생각하자. 그 비슷한 자세로 하는데."

그러자 그 학생이 친구랑 "그게 돼?"라면서 둘이 토론을 하고 있고 웅성거리는 교실 한쪽에서 들린 말.

"그 자세에서 꽂혀?"

그리고 우리반 난리났습니다.

뛰는 놈과 나는 놈

- 일반인 : 뛰는 놈 위에 나는 놈 있다.
- 공자 : 뛰는 놈은 나는 놈에게 공손해야 한다.
- 괴테 : 뛰는 놈과 나는 놈 사이에 다른 놈이 없다고 해도 무모순이다.
- 다윈 : 뛰는 놈이 진화하면 나는 놈이 된다.
- 갈릴레이 : 뛰는 놈이나 나는 놈이나 똑같이 도착한다.
- 고대 수학자 : 뛰는 놈의 발자국 간격은 2로 나누어 떨어질까.
- 근대 수학자 : 나는 놈의 날갯짓 각도의 아크 탄젠트 값은 나눗셈에 대하여 닫혀 있을 거야.
- 현대 수학자 : 글쎄다. 국제 세미나를 열어봐야 알 수 있다.
- 화학자 : 뛰는 놈보다 나는 놈의 엔트로피가 아무래도 높다.
- 마르크스파 : 뛰는 놈은 나는 놈에게 착취당한다.

- **프로이트파** : 뛰는 것은 발기의 상징이요, 나는 것은 절정의 상징이다.
- **칼융** : 뛰는 놈은 주행 콤플렉스, 나는 놈은 비행 콤플렉스에 사로잡혔다.
- **라이트 형제** : 나는 놈은 우리가 처음이다.
- **매카시주의** : 뛰는 놈이 붉갱이면 나는 놈도 빨갱이다.
- **안동 양반집** : 뛰는 놈이나 나는 놈이나 다 쌍놈이여!
- **소비자** : 뛰는 것보다 나는 게 더 비싸더라.
- **기업가** : 뛸 때보다 날 때 이윤이 많더라.
- **최불암** : 뛰는 것이 있으니 나는 놈도 있구려. 허허허….
- **주사파** : 뛸 때도 날 때도 모든 것을 주체적으로!
- **약장사** : 이 약 한 병만 먹어 봐. 뛰는 놈이 날 수 있어!
- **학생부 교사** : 복도에서 뛴 놈은 누구고, 자율학습 시간에 날아버린 놈은 누구냐?

절정의 순간

기차가 철길 위를 달리고 있었다.
한참을 가는데 앞쪽 철길 위에 두 남녀가
섹스를 즐기고 있는 것이었다.
기관사는 놀라서 경적을 울렸다.
"빵!~빵~빵~~~."
하지만 두 사람은 움직일 생각을 하지 않았고
기관사는 다시 경적을 울렸다.
"빠~~~~앙~~."
그래도 두 사람이 움직이지 않자
기관사는 급브레이크를 밟았다.
"끽~끼~끼~익."
몇 센티미터 앞에서 겨우 정지한 기관사는 화가 나서 뛰쳐나
왔다.
"너희들 미쳤어!? 내가 경적 울리는 소리 못 들었어!?"
그러자 남자가 말했다.

"이것 보세요, 나도 절정을 향해 달리고 있었고, 이 여자도 달리고 있었고, 당신도 달리고 있었지만, 브레이크를 가진 사람은 당신 밖에 없잖아요?"

좋아하는 남성상

군인들이 PX에서 다과를 들며 느긋하게 쉬고 있는데

그때 소대장이 갑자기 들어섰고,

군인들은 벌떡 일어나 거수 경례를 하며 경의를 표했다.

기분이 좋아진 소대장 왈,

"그래, 편히들 쉬어. 오늘 너희들한테 들려 줄 기쁜 소식이 있다."

궁금해진 장병들 침을 삼키며 다음 말을 기다렸다.

"우리 나라 여성이 좋아하는 남성상 2위에 바로 너희들, 군인이 뽑혔다."

와~ 하는 함성과 함께 병사들이 서로 기뻐했다.

잠시 후 한 병사가 물었다.

"그러면 1위는 누굽니까?"

소대장이 대답했다.

"1위는…… 민간인이다."

첫 수업

한 여고에 총각 선생님이 부임하게 되었다. 선생님은 짓궂은 여학생들의 소문을 익히 들었는지라 이발도 하고 옷도 깔끔하게 챙겨 입는 등 최대한 신경을 쓰고 첫 수업에 들어갔다.

그런데 교실에 들어서자마자 여학생들이 깔깔대며 웃는 것이 아닌가.

"학생들, 왜 웃어요?"

"선생님, 문이 열렸어요."

선생님은 '나뭇잎이 굴러가도 까르르 웃는 나이지'라고 생각하며 점잖게 말했다.

"맨 앞에 앉은 학생, 나와서 문 닫아요."

꼬마와 여선생님

처녀 선생님이 수학 문제를 냈다.

"전깃줄에 참새가 다섯 마리 앉아 있는데 포수가 총을 쏴서 한 마리를 맞히면 몇 마리 남지?"

"한 마리도 없어요. 다 도망가니까요."

대답을 들은 선생님이 이렇게 말했다.

"정답은 4마리란다. 하지만 네 생각도 일리가 있는 걸."

그러자 꼬마가 반격했다.

"선생님, 세 여자가 아이스크림을 먹고 있는데 한 명은 핥아 먹고, 한 명은 깨물어 먹고, 다른 한 명은 빨아 먹고 있어요. 어떤 여자가 결혼한 여자게요?"

얼굴이 빨개진 선생님은

"아마 빨아먹는 여자가 아닐까?"

"정답은 결혼 반지 낀 여자예요. 하지만 선생님의 생각도 일리가 있네요."

할아버지와 할머니의 대화

　할머니와 할아버지가 가파른 경사를 오르고 있었다. 할머니는 너무 힘이 든지 애교 섞인 목소리로 할아버지에게 말했다.

　"영감~! 나 좀 업어 줘!"

　할아버지도 힘들었지만 남자 체면에 할 수 없이 할머니를 업었다.

　할머니가 물었다.

　"무거워?"

　할아버지는 담담한 목소리로 대답했다.

　"그럼~ 무겁지. 얼굴 철판이지. 머리는 돌이지. 간은 부었지. 그러니 많이 무겁지."

　한참을 그렇게 걷다 지친 할아버지가 말했다.

　"할멈~ 나도 업어 줘."

　기가 막힌 할머니는 그래도 할아버지를 업었다.

　"그래도 생각보다 가볍지?"

　그러자 할머니는 입가에 미소까지 띠며 말했다.

"그럼~ 가볍지. 머리 비었지. 허파에 바람 들어갔지. 양심 없지. 너~무 가볍지."

세대별 주부
반응

•• 남편 생일

20대 : 남편을 위해 선물과 갖가지 이벤트를 준비한다.

30대 : 고급 레스토랑에 외식하러 간다.

40대 : 집에서 촛불 켜놓고 아이들에게 노래시킨다.

50대 : 하루 종일 미역국만 먹인다.

•• 남편의 외박

20대 : 너 죽고 나 살자고 달려든다.

30대 : 일 때문에 야근했겠지 하며 이해하려 한다.

40대 : 외박했는지도 모른다.

50대 : 관심 없다.

•• 폰팅하자는 전화를 받았다.

20대 : 야~ 당장 끊어. 안 그러면 경찰에 신고한다.

30대 : 나 그런데 관심 없으니까 그냥 끊겠어요.

40대 : "고거시 나한티 한 말여?" 자꾸 딴소리 한다.

50대 : 뭔팅?

· · 시장에 가서 물건값을 깎았다.

20대 : 아잉~아저씨이~ 좀 깎아 주세용~.

30대 : 아저씨, 앞으로 자주 올 테니까 깎아 주실 거죠?

40대 : "그냥 만 원에 줘요." 하고 가져가 버린다.

50대 : "이 세상에 에누리 없는 장사가 어디 있어?"하며 오히려
　　　 화를 낸다.

· · 남편이 뜨거운 눈길로 쳐다보며 사랑한다고 말했다.

20대 : 정말이야? 나도 자기 사랑하는 거 알지?

30대 : 저도 사랑해요. 여보.

40대 : 나 돈 없수!

50대 : 망령 들었구먼…….

애인, 친구, 부인의 차이점

• • 생일

애인 : 촛불처럼 널 사랑으로 태울 거야~

친구 : 축하하고, 케이크 맛있겠다. 빨리 먹자.

부인 : 아까운 케이크에 촛농 떨어지잖아! 빨리 꺼. 이게 얼마짜 린데…….

• • 쇼핑할 때

애인 : 난 물건 보는 눈이 없어서……. 그래도 괜찮겠어?

친구 : 어차피 네가 쓸 물건이니까, 필요한 거 사라.

부인 : 돈 줬으면 됐지, 골라 주기까지 해야 돼?

• • 노래방에서 점수 95점 이상 나왔을 때

애인 : 어쩜~ 자기는 못하는 것도 없어. 홍홍!

친구 : 어라~ 굼벵이도 구르는 재주가 있다더니.

부인 : 밥 먹고 나 모르게 이런 데만 다녔냐?

• • 전철 안에서 졸 때

애인 : 피곤하지? 내 어깨에 기대서 눈 좀 붙여.

친구 : 야, 침만 흘리지 마라. 근데 너 머리 크다.

부인 : 무겁단 말야! 너만 피곤하고 너만 졸린 줄 아냐?

마케팅의 원리

당신은 파티에서 끝내 주는 여자를 본다.
당신이 그녀에게 가까이 다가가서 이렇게 말한다.
"나는 돈이 많아. 나랑 결혼해 줘!"
그것이 직접적인 마케팅이다.

당신의 친구 중 하나가 그녀에게 다가가서 당신을 가리키며
말한다.
"그는 돈이 많다. 그와 결혼해."
그것이 광고다.

당신은 그녀에게 가까이 다가가서 전화번호를 얻는다.
다음날 전화해서 이렇게 말한다.
"나는 돈이 많아. 나랑 결혼해 줘."
그것이 텔레마케팅이다.

그녀가 당신에게 다가와 이렇게 말한다면,
"당신은 굉장한 부자."
그것은 브랜드의 인지이다.

당신이 그녀에게 다가가 이렇게 말한다.
"나는 부자야. 나랑 결혼해."
그녀가 당신의 얼굴에 보기 좋게 따귀를 때린다.
그것이 고객의 피드백이다.

당신이 그녀에게 가까이 다가가서 "나는 돈이 많아. 나랑 결혼해 줘!"라고 말한다.
그러나 가지고 있는 건 로또 한 장.
그게 스톡옵션이다.

당신이 그녀에게 가까이 다가가서 "나는 돈이 많아. 나랑 결혼해줘!"라고 말한다.
하지만 가지고 있는 건 신용카드와 빚뿐.
그것이 바로 분식회계.

방귀 뀌는 사람들의 심리

- **영특한 사람** : 재채기를 하며 방귀 뀌는 사람
- **소심한 사람** : 자기 방귀 소리에 놀라 펄쩍 뛰는 사람
- **자만하는 사람** : 자기 방귀 소리가 제일 크다고 생각하는 사람
- **불행한 사람** : 방귀 뀌려다가 X싼 사람
- **멍청한 사람** : 방귀 몇 시간 동안 참는 사람
- **난처한 사람** : 자신의 방귀와 남의 방귀를 구별하지 못하는 사람
- **시대 파악을 못하는 사람** : 여자가 방귀 뀐다고 투덜대는 사람
- **실망스런 사람** : 냄새 안 나는 방귀 뀌는 사람
- **귀여운 사람** : 당신의 방귀 냄새를 맡고 뭘 먹었는지 맞히는 사람
- **뻔뻔한 사람** : 방귀 크게 뀌고 자지러지게 웃는 사람
- **정직한 사람** : 방귀 뀐 것은 인정하나 의학적인 이유를 대

는 사람

- **부정직한 사람** : 자기가 뀌고 남한테 뒤집어씌우는 사람

- **검소한 사람** : 항상 여분의 방귀를 남겨두는 사람

- **반사회적인 사람** : 양해를 구한 뒤 혼자만의 장소에 가서 뀌는 사람

- **감성적인 사람** : 방귀 뀌고 우는 사람

- **바보** : 다른 사람의 방귀를 자기 것이라 생각하고 즐기는 사람

- **얼간이** : 방귀 뀌고 팬티에 흔적 남기는 사람

- **전략가** : 큰 웃음 소리로 방귀 소리를 감추는 사람

- **지식인** : 자신의 주위에서 누가 뀌었는지 알아맞히는 사람

- **겁쟁이** : 방귀를 나눠서 뀌는 사람

- **새디스트** : 잠자리에서 방귀 뀌고 이불을 펄럭이는 사람

- **매저키스트** : 탕 속에서 방귀 뀌고 그 거품을 깨물어 보려고 하는 사람

- **환경운동가** : 방귀는 뀌나 환경 오염을 염려하는 사람

- **비열한 사람** : 방귀 뀌고 머리 위로 이불을 당기는 사람

죽이기 10계명

1. 꼬옥~ 껴안아 주는 거야. 숨이 막혀 죽도록…….
2. 맑고 깊은 내 눈에 그 애를 담는 거야. 그리고 익사시키는 거야.
3. 연락을 딱! 한 달간 끊어보는 거야. 아마 애가 타서 죽을 걸?
4. 가끔은 맘에 없는 말로 가슴 아프게 만들어 죽일 수도 있지.
5. 매일 밤 전화로 날밤 새우게 하는 거야. 수면 부족으로 죽게 하는 거지.
6. 뽀뽀를 쉬지 않고 해주는 거야. 숨이 막혀 죽도록…….
7. 너무너무 행복하게 만들어서 심장마비로 죽게 하는 거야.
8. 죽이게 맛있는 도시락을 싸들고 여행을 가는 거야……. 그리고 먹이는 거야. 맛있어서 죽게…….
9. 아무 노력 없이 죽이는 방법도 있지. 그 애는 그냥 두어도 상사병으로 죽을 테니까…….
10. 오늘밤 소복에 칼 물고 소원을 비는 거야. 먼 훗날 그 애가 나와 함께 행복하게 죽을 수 있도록.

화장실 명언

젊은이여 당장 일어나라. 지금 그대가 편히 앉아 있을 때가
아니다.

내가 사색에 잠겨 있는 동안 밖에 있는 사람은 사색이 되어간
다.

내가 밀어내기에 힘쓰는 동안 밖에 있는 사람은 조여내기에
힘쓴다.

신은 인간에게 '똑똑' 할 수 있는 능력을 주셨다.

그는 '똑똑' 했다. 나도 '똑똑' 했다.

문 밖의 사람은 나의 '똑똑' 함에 어쩔 줄 몰라했다.

chapter **3**

학생들의 까르르 웃는 소리를 들어본 지가 언제인지 싶다. 물에 물 탄 듯 무미
건조한 시간들이 지나가고 있다고 느끼는 사람들이 많다. 우리를 기쁘게 하고
즐겁게 해주는 자극을 느껴본 지가 오래다. 분명 우리 인생은 수많은 자극을
받고 과정 속에서 나만의 독특한 인생을 만들어가는 것이다.
톡톡 튀고, 호탕하게 웃게 만드는 일들이 이곳에 있다. '웃음'은 우리의 무미
건조한 인생을 충분히 자극시키고 신나게 만들 것이다.

웃음은 인생을

자극시킨다

신세대 vs 낀세대 vs 쉰세대
솔로에게 권하는 영화
부부의 변천사
모르는 소리
그림 같은 집
황당상식
선생님의 실수
헌혈 아줌마가 잡았을 때
술값 아끼는 비법
비굴한 남자의 한 마디
요즘 아파트 이름이 긴 이유
맛소금 시리즈
최근 짝퉁 모음
적은 양의 알코올로 만취 상태에 이르는 법
장남과 차남과 막내의 차이
금방 빼고 올게
가장 억울하게 죽은 사람
돌팔이 의사
닭 한 마리
아줌마 아저씨의 컴퓨터 수업
첫날밤 후방 공격
내가 래퍼의 꿈을 접은 이유
남자가 하면 변태, 여자가 하면 애교?
훈련병 vs 예비군
고문의 진수
사랑이란
성의 없는 답변
우리 나라 사람이라면 3개 국어는 기본으로 한다
이럴 때 난감했었다
어느 주부의 변화
학과별 학생들의 비애
남자에게 차이는 방법
웃길 수밖에 없는 축구선수 개그
사이즈가 어떻게 되시죠?
신입생들의 인사
남자라면 공감할 것들
졸업 후
어느 만화 사이트의 질문과 답변
'세 번'의 다른 의미
면접
버스 기사 아저씨의 센스!
약어는 어디에

신세대 vs 낀세대 vs 쉰세대

• • 노래방

신세대 : 맨~~~~뒷장부터 찾는다.

낀세대 : 추가곡 정도는 뒤져본다.

쉰세대 : 나도 신세대라며 나름대로 최신곡을 부른다. 나미의
　　　　　빙글빙글.

• • 노래방에서 랩이 나오면

신세대 : 거침없이 신나게 침튀기며 부른다.

낀세대 : 따라하려고 노력하는 모습이 더 처량하다.

쉰세대 : 화낸다.

• • 헤어 스타일

신세대 : 극과 극. 길던가, 짧던가.

낀세대 : 어중간. 긴 것도 아니고, 짧은 것도 아니고.

쉰세대 : 기르고 싶어도 머리가 없다.

• • 자주 가는 곳

신세대 : PC방.

낀세대 : 당구장.

쉰세대 : 단란한 주점.

• • 가장 무서워하는 말

신세대 : 왕따, 은따, 나따.

낀세대 : 취직대란.

쉰세대 : 정리해고. 마누라.

• • 좋아하는 TV 프로그램

신세대 : 포켓몬스터.

낀세대 : 각종 오락프로그램.

쉰세대 : 뉴스.

• • 문자 메시지가 오면

신세대 : 다시 문자 메시지로 보내 준다(특수문자로 그림까지
　　　　넣어서 이쁘게^^)

낀세대 : 상대방에게 전화한다 "여보세용~"

쉰세대 : "이거 왜 삑삑거리지?"

솔로에게 권하는 영화

1. 13일의 금요일

연인들의 콧소리 섞인 '자기야~'는 온 데 간 데 없이 서로 살아보겠다고 몸부림치는 인간적인 미가 가득한 수작.

특히 커플들만 공략, 학대하는 제이슨에게 모종의 쾌락을 느낀 솔로들의 절대적 지지 기반을 둔 작품.

교훈 : 염장질은 놀러가서 하는 게 아니다.

2. 장미의 전쟁

아무리 서로 좋아 죽어 붙어 다녀도 결국은 깨지고 헤어진다는 진리를 담은 작품.

특히 초반 염장질하던 커플이 뒤로 갈수록 서로에게 어떻게 원수가 되어 가는지 리얼하게 표현하였다.

교훈 : 세상은 솔로로 태어나 솔로로 돌아간다.

3. 킬빌 1, 2

연애하다 갈라설 때 몸조심하라는 메시지가 담겨 있다.

특히 사지 댕경댕경 자르며 복수의 칼날을 가는 전직 커플들에게 추천.

교훈 : 연애 잘못하면 이렇게 X(?)된다.

4. 해피엔드

어찌어찌 연애에 성공해서 결혼에 이른다 할지라도 결국은 눈 맞을 놈들은 서로 눈 맞아 깨어진다는 이야기.

특히 대시하고 싶지만 골키퍼 있어 차마 어찌하지 못하는 솔로들에게 추천.

교훈 : 골 넣은 사실을 골키퍼에게 알려주자.

5. 스크림

살인마는 커플들만 학대한다는 사실을 재치있게 패러디한 보기 드문 명작.

특히 자신의 남친 여친이 사실은 미친놈이었다는 기막힌 반전의 묘미가 돋보인다.

교훈 : 연애할 때는 미친놈도 멀쩡하게 보인다.

부부의 변천사

•• 신혼

남 : 자기~ 힘들지? 내가 도와 줄게!

(반말로 바뀌면서 '자기'라는 호칭을 쓰며 집안 일을 도와 준다.)

여 : 고마워요. 자기 나 얼마큼 사랑해?

(몸과 마음이 편안하며 자주 사랑을 확인해 본다. 밤낮 애 정 공세에 깨가 절로 쏟아진다.)

•• 5년차

남 : ○○엄마! 저것 좀 가져다 줄래?

(이때부터 호칭은 누구 엄마로 바뀌며 가끔씩 심부름을 시 킨다. 그러나 명령조보단 청유형이다.)

여 : 잠깐만요. 애기 기저귀 좀 갈고요.

(남편보다 아기가 우선시되며 조금씩 개긴다. 아직까지는 남편의 사랑에 행복을 느낀다.)

· · 10년차

남 : 여보! 재털이 어디다 뒀지? 좀 갖다 줘!

(여보라는 호칭이 자연스럽게 나오며 본색이 서서히 드러
난다.)

여 : 지금 빨래하고 있잖아요. 당신이 좀 가져가요.

(일이 점점 많아지고 말투는 약간 시비조로 바뀐다. 속았다
는 생각이 들지만 자식 보고 버틴다.)

· · 20년차

남 : 임자! 빨리 밥 안 주고 뭐해?

(자기 거라고 임자라는 호칭을 쓰며 명령조로 바뀐다. 밥
빨리 안 주면 짜증내고 푹 퍼진 마누라에 싫증이 난다.)

여 : 지금 차리고 있는 거 안 보여요?

(이제는 말대꾸에 맞장을 뜨며 목소리가 커진다. 가끔 헤어
진 첫사랑이 생각이 난다.)

모르는 소리

속초에 살고 있는 칠순 노인이 가벼운 심장병 증세가 있어 담당 의사로부터 체중을 줄이라는 경고를 받았다.

그런데 이 할아버지는 바닷가 해수욕장 백사장에 하루 종일 앉아 있기만 했다.

하루는 여느 날과 마찬가지로 바닷가에 가만히 앉아 비키니 차림의 여자들을 정신없이 바라보고 있다가 친구와 마주쳤다.

"자네는 운동을 해야 하는 걸로 알고 있는데……."

"맞아."

"그런데 그렇게 퍼질러 앉아 여자나 쳐다보니 운동이 되는 감?"

그러자 할아버지가 정색을 하며 말했다.

"모르는 소리 말아. 난 요놈의 구경을 하려고 매일 십리길을 걸어오는 거야."

그림 같은 집

경치가 끝내 주는 청평 근처에 전원주택을 구입하려는 부부가 있었다.

어느 날 너무나 그림 같은 집을 보러 갔는데…….

바로 옆에 철길이 있어 왠지 맘에 걸려 망설이게 되었다.

아내 : 다 좋아요. 널찍하고…… 욕실도 최신식이구. 그런데요, 기차가 지나갈 때 너무 요란하네요?

그러자 약삭빠른 부동산 중개업자가 재빨리 둘러댔다.

남자 : 하하, 별 심각한 문젠 아니죠. 처음 3일 동안은 좀 괴롭겠지만 그 다음부터는 무감각해져서 별로 느끼지도 못하실 겁니다.

그 말을 들은 아내, 정말 다행이라는 표정으로 남편에게 속삭

이듯 말했다.

　아내 : 여보, 그럼 우리 계약해요. 이사 오고 처음 3일은 이 근
　　　　처에 있는 호텔에서 자면 되잖아요, 호호호?

황당 상식

- 8년 7개월 6일간 소리를 질렀다면 커피 한 잔을 데울 수 있는 에너지를 축적할 수 있다.(좀 무가치해 보이는구만.)
- 6년 9개월 동안 계속 방귀를 뀌면, 핵폭탄 한 개의 에너지를 축적할 수 있다.(이건 좀 해볼 만하다.)
- 인간의 심장은 피를 9.14m 뿌릴 정도의 압력을 가진다.(우와~.)
- 돼지의 오르가슴은 30분간 지속된다.(난 환생하면 돼지로 태어나기로 결정했다.)
- 바퀴 벌레는 머리가 잘린 후 굶어 죽을 때까지 9일 동안 살아 있다.(징그러워라~ 돼지가 역시 최고다.)
- 머리를 벽에 박치기하면 시간당 150cal를 소비할 수 있다.(따라하지 마세요.)
- 벼룩은 자기 몸 길이의 350배 길이를 점프한다. 마치 인간이 미식축구장 7개를 점프하는 높이다.(30분씩이라니, 정말 멋지지 않나? 무슨 말이냐구? 돼지.)

- 메기는 27,000가지 미각을 느낄 수 있다.(연못 바닥에 뭐 그렇게 맛있는 게 있다고.)
- 사자는 하루 50회 이상 교미를 한다.(그래도 난 환생하면 돼지다. 양보단 질!)
- 유일하게 점프하지 못하는 동물은 코끼리이다.(정말 다행이지 않나?)
- 타조는 눈이 뇌보다 크다.(응. 나 이런 사람 알아.)
- 불가사리는 뇌가 없다.(이런 사람도 알아.)
- 북극곰은 왼손잡이이다.(도대체 그딴 걸 알고 싶어서 연구한 놈은 누구야?!)
- 인간과 돌고래가 쾌락을 위해서 섹스를 하는 유일한 동물이다.(어라? 그럼 돼지는??)

선생님의 실수

왜 반 애들 중에서 조용한 애 한 명씩 있지 않습니까.

말도 별로 없고, 키도 그다지 크지 않고…….

공부도 보통에, 내성적이고 튀는 행동은 잘 하지 않는, 조용한…….

그런 친구가 어느 날은 배가 아픈 기색이 있더군요.

그 애 짝이 그 애에게 아픈 게 심하면 조퇴하고 병원에 가보라고 했습죠.

그 애는 3교시까지 버티다가 도저히 안 되겠던지 교무실로 갔습니다.

담임선생님은 한참 일을 보시는 중이었고…….

그 애는 조용히 선생님 곁으로 갔습니다.

"선생님, 저 배가 너무 아파서 그러는데 오늘 조퇴 좀 하면 안 될까요?"

그러자 선생님께서 그 애를 한 번 쳐다 보시더니, 이렇게 말씀하셨죠.

"네 담임선생님한테 가 봐, 임마!!"
그 친구는 울면서 다시 반으로 돌아왔다는…….

헌혈 아줌마가 잡았을 때

- • **공진협(공업예술진흥협회)** : 빨간 건 무조건 안 된다고 우긴다.
- • **대선후보 아들** : 체중 미달이라서 안 된다고 우긴다.
- • **바람둥이** : 자신은 쌍코피를 너무 많이 흘려서 피가 부족하다고 우긴다.
- • **악덕업주** : 나는 찔러도 피 한 방울 안 나온다고 우긴다.
- • **골초** : 자신의 피는 임산부나 자라는 아이한테 해롭다고 우긴다.
- • **술꾼** : 혈중 알코올 농도가 높아서 안 된다고 우긴다.
- • **공해업자** : 자신의 피는 재활용이 불가능하다고 우긴다.

술값 아끼는 비법

1. 식당 아줌마와 친하게 지내라.

식당 아줌마에게 음식맛이 좋다고 치켜세워 덤을 얻어낸다.

전골 같은 것은 대 같은 중, 중 같은 소가 나오기 마련.

2. 늦은 사람은 국물만

약속 시간에 매우 늦은 사람들에게는 새로운 음식을 시켜 주지 않는다.

남은 안주로 대대적인 술고문(?)을 해서 상습적으로 늦는 버릇을 고친다.

3. 버스 다닐 때 집으로

제일 맛있는 술은 뭐니 뭐니 해도 공짜술이다.

그러나 술 얻어먹고 심야에 집에 가느라 2~3만 원 차비를 날리는 것은 어리석은 일.

4. 대표로 계산은 금물

같이 내는 경우 대표로 계산하고 나중에 받는 것은 매우 안 좋다.

수금이 100% 되는 일은 거의 없으며, 연체중이라고 둘러대고 카드를 절대 꺼내지 않는다.

5. 얻어먹으면 빚이다.

친구가 두 번 사면 최소한 한 번은 사야 주당의 도덕성에 흠집이 나지 않는다.

따라서 누가 술 사준다고 무조건 따라다닐 일이 아니다.

6. 홈그라운드로 유인

집에서 너무 먼 곳에서 술을 먹다 보면 귀가하기도 어렵고 때로는 외박의 명분이 될 수 있다.

홈그라운드에서는 사야 하는 것이 미덕이므로 개인적인 술자리보다는 공적인 술자리를 유치하는 것이 좋다.

7. 룸살롱에서 팁 절약

접대상 따라간 룸살롱 같은 데서 분위기에 휩싸여 웨이터나 파트너에게 한 장 두 장 나눠주다 보면 집에 갈 차비까지 떨어질 수 있다. 연민의 정은 아침이면 사라지기 마련이다.

8. 작은 계산을 재빨리

여럿이 마시다 보면 차수가 이어지기 마련이다. 이때는 술값
이 적게 나올 것 같은 차수를 겨냥해 계산을 한다.

비굴한 남자의
한 마디

어떤 남자가 있었다.

이 남자가 친구를 만나기 위해 길 한복판에 서 있었다.

이 남자는 침을 아무데나 뱉는 습관이 있었는데 이날도 어김없이 무의식적으로 침을 캭~ 뱉었다.

그런데 길 맞은편에서 경찰관이 이 남자를 노려보고 있는 게 아닌가.

그 남자는 직감적으로 걸렸구나 생각하고 이 순간을 어떻게 모면할지 고민하고 있는데 아니나 다를까 경찰이 와서 말을 했다.

"실례합니다. 알 만한 분이 이래도 되겠습니까?"

"제, 제가 뭘요?"

그 남자는 등에선 식은땀을 흘리면서도 겉으로는 아무렇지도 않은 듯 경찰에게 되물었다.

그러자 경찰도 흔히 겪은 일이라는 듯 다시 말했다.

"아니, 그걸 지금 몰라서 묻는 겁니까? 제가 지금까지 건너편에서 다 봤습니다. 바닥에 이 흥건한 당신의 흔적들이 보이지 않나요?"

순간 남자는 더 이상 발뺌할 수 없었다.

그러나 순간 한 마디가 그 남자의 입을 통해 바람을 가른다.

"흐…… 흘린 건데요."

요즘 아파트 이름이
긴 이유

옛날 아파트 이름은 단순했다.

삼성아파트, 롯데아파트, 현대아파트……

그런데 요즘 아파트 이름이 왜 이리도 길고 복잡할까?

거기다 복잡한 영어까지 넣어서…….

예를 들면

타워펠리스, 미켈란쉐르빌, 아카데미스위트, 현대하이페리온, 롯데캐슬모닝 등.

알고 봤더니 그 이유라네.

그것은…….

시어머니가 찾아오지 못하게 하기 위해서~~

맛소금 시리즈

  • • 애인 맛소금

맛 : 맛도 디게 죤 것시

소 : 소리두 디게 이쁘게 지르고

금 : 금방 해줬는디? 또 해주고 시펑!

  • • 강도 맛소금

맛 : 맛만 볼께!

소 : 소리지르지 맛!

금 : 금방 뺄께!!

  • • 명기 맛소금

맛 : 맛있다고

소 : 소문 내지 마.

금 : 금수 같은 넘들 몰려온다

• • 홀아비 맛소금
맛 : 맛없다고
소 : 소박 맞은
금 : 금발 미녀 없나요?

• • 전문직 맛소금
맛 : 맛사줘 해주고
소 : 소용돌이 쳐주니
금 : 금방 싸는구나

최근 짝퉁 모음

- • 보일러댁에 아버님 놔드려야겠어요.
- • 여자라서 햄볶아요 (여자라서 행복해요)
- • 바람과 함께 살빠지다 (바람과 함께 사라지다)
- • 시베리안 허숙희 (시베리안 허스키)
- • 부릅뜨니 숲이었어 (브리트니 스피어스)
- • 발리에서 쌩깐 일 (발리에서 생긴 일)
- • 생리 축하해 지성 (생일 축하해 지성)
- • 열라스팀 했어요 (엘라스틴)
- • 운도형 밴드 (윤도현 밴드)
- • 피부암 통키 (피구왕 통키)
- • 빨간망사 차차 (빨간망또 차차)
- • 발광머리 엔 (빨강머리 앤)
- • 생갈치 1호의 행방불명 (센과 치히로의 행방불명)
- • 신밧드의 보험 (신밧드의 모험)
- • 흔들린 우동 (흔들린 우정)

- 체험 살해 현장 (체험 삶의 현장)
- 머라이넌 캐리 (머라이어 캐리)
- 니콜 키 크드만 (니콜 키드만)
- 반지의 제왕 절개 (반지의 제왕)
- 클레오 빡 돌아 (클레오파트라)
- 난 잃아요 (난 알아요)
- 크리스티나 아길 내놔 (크리스티나 아길레라)
- 볼이트니 스킨 발라 (브리트니 스피어스)
- 하마 삼킨 아유미.
- 루돌프 가슴 커 (루돌프 사슴코)
- 카드값줘 체리 (카드캡쳐 체리)
- 명란젖 코난 (미래소년 코난)
- 안토니오 반만 되라쓰 (안토니오 반데라스)
- 안졸리냐 졸리 (안젤리나 졸리)
- 로보트 태권부인 (로보트 태권브이)
- 내오늘안으로 빚갚으리오 (레오나르도 디카프리오)
- 살리도 (실미도)
- 응아철도 999 (은하철도 999)
- 상두야! 하고 가자 (상두야! 학교 가자)
- 오뎅이다됐수까? (오껭끼데스까)
- 자위의 여신상 (자유의 여신상)
- 살인의 추석 (살인의 추억)

- • 오드리 햇반 (오드리 햅번)
- • 꼬출 든 남자 (꽃을 든 남자)
- • 글루미가 먼데이 (글루미 먼데이)

허이짜!
허이짜!

적은 양의 알코올로 만취 되는 법

1. 공복시 독주를 신속히 음용함으로써 장의 적응을 방해한다.
2. 줄담배를 피워 일산화탄소 흡입을 통한 뇌의 산소 공급을 차단하고 알코올과의 시너지 효과를 도모하여 조기에 취기가 돌도록 한다.
3. 음주 직전 땀을 흠뻑 흘릴 만큼의 과도한 유산소 운동을 하여 적당한 노곤함과 장 운동의 활성화를 통해 알코올 흡수를 배가한다.
4. 적은 양이라도 알코올을 매일 식사 30분 전에 꾸준히 장복하여 간의 회복을 막아 알코올 분해효소가 강화되는 것을 방지한다.
5. 가끔은 탄산음료나 이온음료를 알코올과 혼용하여 장의 흡수를 돕는다.
   덜 익힌 컵라면을 6개월 이상 꾸준히 장기 복용하면 눈 주위가 검어지면서 환경 호르몬으로 인한 효과와 함께 소주 한잔에도 같은 양의 히로뽕을 투여한 만큼의 효력을 맛볼 수 있다. 단, 음주 후 급사하거나 뇌사 상태에 빠지는 경우도 있으니 주의할 것.

6. 음주 후 오바이트가 쏠린다고 느낄 때 과감히 손으로 입을 막아 인내하여 술 기운이 대뇌피질 깊숙이 전이되도록 한다

7. 야채류, 곡물 등 섬유질이 풍부한 식품 섭취를 엄격히 제한하여야 한다. 변비를 통해 각종 분비물의 체외 방출을 막으면 숙변에 포함된 알코올 및 각종 독성이 체내에 퍼져 소화기관의 신진대사와 뇌의 활성화를 막게 되고, 이는 결국 알코올 분해를 현저히 감퇴시키는 효과를 가져온다.

장남과 차남과 막내의 차이

•• 평소 집안에서

장남 : 집안에서 항상 믿음직스럽고 든든하다.

막내 : 집안에서 항상 귀엽고 재롱덩어리다.

차남 : 어? 집안에 너두 있었니?

　　　– 그래서일까? 차라리 난 어두운 분위기가 좋다.

•• 친구들이 놀러올 때

장남 : 아이구, 너 참 잘생겼구나 그래, 이름이 뭐니?

막내 : 이녀석들 그만 좀 까불고 공부도 해야지? 뭐 먹을 것 좀 줄까?

차남 : 또 달고 왔니?

　　　– 하지만 난 꿋꿋하게 친구들을 자주 데려왔다.

•• 사고쳤을 때

장남 : 어쩌다 그랬니. 담부턴 조심해라.

막내 : 철없어서 그런 건데 담부턴 그러지 마라.

차남 : 네가 하는 일이 그렇지 뭐! 퍽~!

    – 가끔, 내가 왜 사나…… 하는 의문이 들었다.

•• 세배돈 받을 때

장남 : 넌 첫째니까 이만 원

차남 : 넌, 동생하고 같이 만 원

    – 왜 난 항상 동생하고 같은 취급을 받을까?

•• 부모님이 아프실 때

장남 : 옆에서 간호하고 집안의 대소사를 챙긴다.

막내 : 수시로 부모님 옆에 가서 재롱 떨면서 웃음을 준다.

차남 : 그냥 집에서 TV 본다.

    – 이때 난 형제 간의 역할 분담에 대해서 알게 되었다.

•• 성격

장남 : 책임감이 강하고, 사려가 깊으면서도 자존심이 세다.

막내 : 투정도 잘 부리고 장난도 잘 치고 밝다.

차남 : 이것도 저것도 아니면서 성격만 더럽다.

금방 빼고 올게

나는 내 코고는 소리에 놀라 잠이 깨었다.

남편을 슬쩍 봤다. 자고 있길 바라면서……

그러나 '헉'…… 깨어 있다…… 개망신이다.

근데 잠깐만.

어둠이 내린 새벽 한 시.

이 인간이 깨어 있는 게 아니라 누군가와 통화를 하는 게 아닌가?

뇌리를 스쳐가는 예리한 육감, 분명 여자다.

손톱에 날이 선다. 내용은 안 들리지만 전화의 목소리는 년이 맞다.

난 계속 잠든 척했다.

남편은 '네' 라고 했다. 지금 마누라 자는지 물어봤겠지?

다시 '네' 라고 대답한다.

년이 콧소리로 사랑하냐고 물어 봤을 거다.

그리고 지금 나올 수 있냐고 물어 보겠지.

역시 남편은 '나갈게요' 라고 대답한다.

넌 딱 걸렸어.

남편이 옷을 걸치고 나가려 할 때, 난 뒤통수에 대고 말했다.

"어떤 년이야?"

"옆집 아줌마."

남편은 현장을 들켰다는 걸 알았는지 순순히 불었다.

남편이 인정하자 울컥하고 화가 치민다.

넌 디졌어. #쎄야.

"이 나쁜 놈아. 왜 하필 옆집 순영이 엄마야? 크어억! 내가 그 년보다 못한 게 뭐야?"

"뭐라는 거야. 금방 빼고 올게."

"뭐? 금방 하고 온다구? 금방 하고 와? 이런 천하에 죽일 놈. 지금 나가면 다신 못 들어와! 끝이야. 왜 나가. 왜 나가. 왜 나가?"

"왜 나가냐구?"

"그래, 나쁜 놈아!"

난 바락바락 최후의 경고를 날렸다.

그러나 난 남편의 한 마디에 침대에 찌그러져서 숨도 제대로 못 쉬었다.

"차 빼달란다. 이 화상아!"

가장 억울하게
죽은 사람

버스가 고가도로를 넘다 뒤집어져 많은 사람이 죽었다.
가장 억울하게 죽은 사람 네 명을 꼽으면,

1. 결혼식이 내일인 총각.
2. 졸다가 한 정거장 더 오는 바람에 죽은 사람.
3. 버스가 출발하는데도 억지로 달려와 간신히 탔던 사람.
4. 69번 버스를 96번으로 보고 탄 사람.

돌팔이 의사

의사 : 어디 불편한 데는 없습니까?

환자 : 숨을 쉬기만 하면 몹시 통증을 느껴집니다.

의사 : 그럼 곧 숨을 멈추게 해 드리죠.

닭 한 마리

　한 남자가 새로 산 스포츠카를 타고 길을 달리고 있는데 놀랍게도 닭 한 마리가 엄청난 속도를 내면서 차를 추월하여 달리는 것이었다.

　남자도 속도를 높여 달렸는데 닭은 이 차를 따돌리고 사라져 버렸다.

　동네를 수소문해 이 닭의 주인을 찾아 주인에게 말했다.

　"그 닭을 100만 원에 파시오!"

　주인은 고개를 절레절레 흔들었다.

　"그럼, 1,000만 원에 파시오!"

　주인은 막무가내였다.

　열받은 남자는

　"에이 그까짓 닭 한 마리 가지고! 좋아! 3,000만 원에 내 차까지 줄 테니 파시오!"

　그래도 주인은 고개만 가로로 저었다.

　남자는 화가 나서 물었다.

"도대체 안 파는 이유가 뭐요?"
그러자 주인이 말하길,

"잡혀야 팔지!!"

아줌마 아저씨의
컴퓨터 수업

• • 컴퓨터를 가르쳐드리면

아저씨 : 하나만 배우면 다 아는 것처럼 행동한다.

아줌마 : 열심히 계속 배우면서 전에 배운 것을 잊어버린다.

• • 마우스 훈련을 위해 지뢰찾기 같은 게임을 알려드리면

아저씨 : 바둑두시듯이 한참 생각하시다가 클릭 – 도저히 훈련
             이 안 됨

아줌마 : 수십 번을 해도 5수 안에 지뢰 밟으신다.

• • 컴퓨터 구입에 대한 생각

아저씨 : 아는 사람을 통해 사면 좋고 싸게 살 줄 안다.

아줌마 : 삼성 것 사면 오래오래 쓸 거라고 생각한다.

• • 컴퓨터에 이상이 생기면

아저씨 : 자기 잘못은 없는데 컴퓨터가 이상한 거라고 마구 주

장한다.

아줌마 : 자신이 뭘 잘못했길래 그랬는지 겁먹는다.

• • 바이러스 퍼지고 있다고 뉴스에 나오면

아저씨 : 백신만 믿고 아무 걱정없이 쓴다.

아줌마 : 컴퓨터를 아예 안 켜신다.

• • 메일 보내는 방법을 알려드리면

아저씨 : 부인보고 메일보내게 메일주소 만들라고 강요한다.

　　　　(정작 보내면 "여보 내조 잘하고 애들 잘 키워줘서 고
　　　　맙소" 달랑 3줄이다.)

아줌마 : 아들에게 구구절절한 장문의 메일을 보낸다.

　　　　(첫 머리는 항상 "사랑하는 아들아~")

첫날밤 후방 공격

여(女)를 즐기는 사내가 신혼여행에서 첫날밤 잠자리에서 갑자기 후방을 기습했다.

신부가 깜짝 놀라 말했다.

"아니, 아니. 거기가 아닌데!"

"아니라니, 나는 어렸을 때부터 이런 식으로 했는데."

신부 배시시 웃으며 말했다.

"내가 어릴 때부터 한 것은 그쪽이 아니라구요."

내가 래퍼의 꿈을
접은 이유

중학교 때로 기억한다.

조PD의 첫 앨범을 접한 뒤 나는 랩에 심취되고 말았다.

입에 랩을 달고 살았다.

랩에는 라임이라는 게 있다.

운율을 살려 주는 그 어떤. 뭐랄까. 아무튼……

랩을 좀 해본 사람이라면 알겠지만

멋진 라임을 접했을 때는 절로 감탄하게 된다.

그 당시 나는 조PD의 톡톡 쏘는 재밌는 라임이 너무 좋았다.

수업 시간에 연습장에다 항상 라임을 맞춰보며 가사를 써보
곤 했다.

친구들과의 대화에도 라임을 넣어서 하곤 했다.

어느 날, 영어 선생님이 불렀다.

심부름을 시키시기에 부지런히 봉사했다.

영어 선생님이 나에게 이렇게 말했다.

"Oh~, Thank you~!!"

"유 아 웰컴"이 필요한 순간이었다.
하지만 라임에 빠져 있던 나는……

"Oh~, Fuck you~!!"
옆자리에는 학생 주임이 앉아 있었다.
이것이 내가 래퍼의 꿈을 접게 된 이유이다.

남자가 하면 변태,
여자가 하면 애교?

▶ 남자화장실에 여자가 들어간다. 당연히 있을 수 있는 실수로
  받아들여지고 애교로 봐준다.
▶ 여자화장실에 남자가 들어간다. 바로 잡혀간다. 변태로 낙인
  찍힌다.

▷ 여자가 "아~~~잉" 하고 애교를 떤다.
  아아, 귀엽다. 죽으라고 해도 들어준다.
▷ 남자가 "아~~~잉" 한다.
  너 일루 와 봐!!
  – 하지만 남자도 그럴 수 있다.

▶ 여자가 어린 남자애의 고추를 만지작거린다.
  여자라면 모성애다.
▶ 남자가 여자애의 …… 한다.
  천하의 애비 에미 없는 나쁜 놈.

– 로리타콤플렉스다.

– 하지만 남자에게도 부성애가 있다.

▷ 여자가 10살 어린 영계남과 사귄다.

와! 능력 있다.

▷ 남자가 10살 어린 영계녀와 사귄다.

불륜, 도둑놈, 원조교제라고 한다

– 하지만 남자도 사랑한다면 그럴 수 있다.

▶ 대학, 사회에서 여자 선배가 신입의 엉덩이를 두들긴다.

격려, 독려에 가슴이 찡하다.

▶ 남자 선배가 신입 여성의 엉덩이를 두들기며 격려한다.

공중전화 긴급통화를 누르고 112를 누른다.

– 하지만 남자도 격려할 수 있는 거다.

▷ 여자가 빨래줄에 걸린 남자 속옷을 걷으면, 아 가정주부가 빨래를 했구나, 아름답다고 생각한다.

▷ 남자가 여자 속옷을 걷고 있는 걸 보고 있으면 "저 쉑끼 변태 닷~!!" 한다.

– 하지만 남자도 빨래한다.

훈련병 vs 예비군

1. 부대 안으로 들어갈 때
   훈련병 : 부대의 문이 닫히면서 세상과의 문도 닫힌다. 부대
   안의 공기가 답답하게만 느껴진다.
   예비역 : 부대의 공기…… 정말 상쾌하다. 매연도 없고 대자
   연의 공기를 마실 수 있다.

2. 걸음걸이
   훈련병 : 걸음을 걸을 때 앞사람과 발이 딱딱 맞는다. 걸음걸
   이도 힘차며 팔도 힘차게 흔든다.
   예비역 : 양손은 주머니 속에 넣고 흐느적흐느적 걸어간다.
   마치 연체동물을 연상시킨다.

3. 조교
   훈련병 : 조교는 하늘이다. 조교의 한 마디에 천당과 지옥을
   왔다갔다한다.

예비역 : 조교는 불쌍하다. 우리의 농담 한 마디에 천당과 지옥을 왔다갔다한다.

4. PX

훈련병 : PX가 뭔지도 구경 못 해봤다. 내무실 대표로 가서 콜라 1개, 초코파이 2개를 일괄적으로 사올 뿐이다.

예비역 : PX가 뭔지도 알고 싶은 생각이 없다. 그냥 동네 구멍가게 취급한다.

5. 이등병을 바라볼 때

훈련병 : 짝대기 하나가 반짝반짝 빛을 낸다. 진정한 군인으로 보인다.

예비역 : 한숨만 나온다. 불쌍해서 막 뛰어가서 초코파이 하나라도 던져 주고 싶다.

6. 훈련중에 비가 올 때

훈련병 : 비가 정말 시원하다. 땀을 씻겨 주는 기분이다. 상쾌함을 느낀다.

예비역 : 사방에서 욕소리가 들려오고 곳곳에서 우산을 펴기 시작한다.

7. 종교

　　훈련병 : 초코파이와 떡을 위해 돌팔이 신자가 된다.

　　예비역 : 제대 후 교회를 가본 적이 없다.

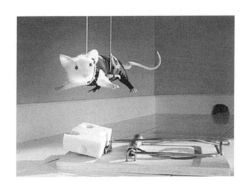

고문의 진수

· · 여자 고문법

첫 번째

1. 사방이 막혀 있는 방에 둔다.
2. 온갖 화장품들을 모두 놓는다.
3. 거울을 안 준다.

두 번째

1. 큰 옷장이 있는 방에 들여놓는다.
2. 예쁜 옷들을 모두 거기에 넣는다.
3. 옷장 문을 잠그고 열쇠를 안 준다.

· · 남자 고문법

첫 번째

1. 고정된 의자에 묶어 놓는다.
2. 수많은 여자들이 옷 벗는 장면을 보여 준다.
3. 마지막 옷을 벗어갈 무렵 눈을 가린다.

그리고 은근한 목소리로 "끝까지 보고 싶지 않나?"라고 해준다.

두 번째

남자를 형틀에 묶어 놓고 그곳(?)에 칼을 들이밀고 은근한 목소리로 "자네, 고자가 좋은가? 아니면 내시가 좋은가?"라고 해준다.

사랑이란

잉꼬부부로 소문난 한 부부가 있었다.

하늘이 시샘할 정도로 금실이 좋았는데 그만 하늘이 질투를
해 와이프가 사고로 죽고 말았다.

슬픔에 잠긴 남편은 식음을 전폐했다.

아내의 관이 떠나는 날이었다.

관을 나르던 사람들의 실수로 관이 계단에서 굴렀다.

그런데 그 덕분에 충격으로 아내가 깨어났다.

기쁨에 겨워 남편은 너무너무 행복하게 살았다.

세월이 흘러 아내는 병으로 세상을 등졌다.

계단을 거쳐 또 관이 나가게 되었다.

관을 든 사람들이 첫 발을 내디디려 하자 남편 왈!

"어이!～ 관 꽉 잡아!"

성의 없는 답변

1. Q : 우리 나라 돈에는 왜 여자가 없죠.
   A : 오백 원짜리 동전에 학이 암컷이오.

2. Q : 윈도우XP를 쓰는데요. 한 10분쯤 하면 자꾸 튕기더군
      요. 싱글이나 배틀넷을 해도 같은 현상이에요. 어떻게 해
      야 하죠? XP 때문인가요?
   A : 9분만 하시구려.

3. Q : 스타를 하니까 자꾸 55초쯤에 끊기네요. 아, 짜증나!
   A : XP 까세요. 그럼 9분은 합니다.

4. Q : 극장에서 외화 보면 항상 번역은 이미도. 이미도가 어떤
      분인가요? 남자라고 하던데……. 그분이 혼자 다 번역하
      시나?

A : 영화 노래는 OST라는 그룹이 다 불렀소.

5. Q : 군대 가기 딱 한 달 전인데. 후회 없이 보내려면 뭘 해야 할까요?

   A : 군대 3일 남은 내가 말하는데 뭘 해도 후회한다.

6. Q : 전 왜 남자가 안 생길까요?

   A : 네 모습이 남자잖아.

7. Q : 집에 지금 할머니랑 저밖에 없는데 할머니가 너무 많이 아파요. 도대체 전 어떻게 해야 하죠?

   A : 우선 컴퓨터부터 꺼라, ×××야.

8. Q : 서울우유는 있으면서 광주, 인천 등 다른 지역 우유는 왜 없나요?

   A : 젖소들의 이촌향도 현상 때문에 그렇습니다.

9. Q : 전 세계인구 65억이 뒈다면???

   A : 난 안 뒈 건데.

우리 나라 사람이라면
3개 국어는 기본

우리도 모르게 3개 국어를 알고 있다.
그것은 바로 주차할 때!
핸들 이빠이 꺾고!!! 오라이! 오라이!

핸들 이빠이 꺾어! 오라이!!.

이럴 때 난감했었다

1. 어떤 사람이 길을 물어서 열심히 가르쳐 주었는데 나중에 생각해 보니 잘못 알려준 거였을 때.
2. 문 닫다가 뒷사람 손 찧었을 때.
3. 친구가 작업 중이던 컴퓨터로 잠깐 웹서핑 하는데 갑자기 컴에 에러가 뜰 때.
4. 길에서 자동차 유리 노려보면서 머리 만지고 있는데 자세히 보니 안에 사람이 타고 있었을 때.
5. 친구집 가서 큰일 보는데 변기가 막혀 버렸을 때.
6. 친구 바지에 몰래 두루마리 휴지를 껴놓았는데 깜빡하고 그냥 집에 왔을 때.
7. 버스 요금통에 실수로 버스카드를 집어넣었을 때.
8. 지하철에서 구석에 앉아 꾸벅꾸벅 졸고 있는데 눈 떠보니 사방이 커플일 때.

9. 멀리 보이는 사람이 엄마인 줄 알고 반갑게 달려갔더니 웬 낯 선 아줌마가 있었을 때.

10. 학교 잔디밭에서 정신없이 자는데 5cm 옆에서 웬 커플 한 쌍이 온갖 염장을 지르고 있을 때.

11. 엘리베이터에서 내려서 집 문을 열려고 하는데 엘리베이터 에 같이 탔던 사람이 내리며 "거기 우리 집인데요" 할 때.

12. 개학하고 학교 갔는데 친구들 이름이 갑자기 생각나지 않 을 때.

13. 친구 집 가서 온갖 욕과 음담패설을 하며 놀고 있는데 갑자 기 방에서 친구 누나가 나올 때.

14. 학교에서 졸다가 갑자기 경련 일으킬 때.

15. 백화점에서 두 시간 동안 똑같은 층 돌면서 옷 고르고 있는 데 점원이 날 보면서 씨익 웃을 때.

16. 길 가다가 누가 날 불러서 뒤돌아봤더니 휴대전화로 통화 하고 있던 거였을 때.

17. 여자 앞을 지나가는데 갑자기 가르마 반대 방향으로 강풍 이 불 때.

18. 미용실에서 구레나룻은 어떻게 뒷머리는 어떻게 어디는 어 떻게 열심히 말했는데, 결국은 지난번이랑 똑같은 머리로 잘렸을 때.

어느 주부의 변화

1. 아기를 낳으면?

   결혼 전 : 예쁘고 똑똑하게 영재 교육을 시키리라.

   결혼 후 : 둘 다 꾀죄죄한 외모. 아이 몸에 수건 붙여서 아이
   가 기어다니면서 방 좀 닦으라고 매달아 놓음.

2. 부부싸움

   결혼 전 : 둘이 나란히 앉아 차를 마시며 서로의 잘잘못을 조
   리있게 짚고 넘어가면 싸움이 안 날 거라 생각.

   결혼 후 : 잘잘못을 떠나서 목소리 크고 야비하게 말꼬리 잡
   고 늘어지면 둘 중 한 사람이 대화를 거부하면서
   싸움 끝남. 이때 상대방의 집안을 욕할 경우 장기
   전이 될 가능성 높음.

3. 남편의 친구

   결혼 전 : 남편의 친구를 존중해 줌. 친구들을 깍듯이 대하면

남편에게 결혼 잘했다고 칭찬해 줄 거라 생각.

결혼 후 : 친구와 술 마시고 남편이 늦게 오면 부인 입에서 그 친구의 이름 석 자 절대 안 나옴. 뭔 ×끼, 뭔 × 끼 하면서 욕부터 삐져나옴. 나도 어쩔 수 없음.

4. 집안 인테리어

결혼 전 : 아늑한 분위기의 베이지빛으로 아기자기하게 꾸밀 거란 계획.

결혼 후 : 아기 낳은 후 계속 마구간에서 살아가는 기분. 방 하나씩하나씩 창고로 돌변해 가고 있다.

5. 선물

결혼 전 : 남편을 위해 며칠을 끙끙 앓으면서 남편이 감동의 눈물을 흘리게 할 계획을 세웠음.

결혼 후 : 그렇게 해봐야 남편한테 인정도 못 받고 나만 피곤함. 남편을 위한 이벤트가 호화 찬란할수록 남편 왕짜증.

6. 요리

결혼 전 : 매일 남편을 위해 집에서 요리책을 뒤적이며 요리하며, 그 음식을 먹으며 행복해 할 남편을 꿈꿈.

결혼 후 : "왜 맨날 김치찌개야! 첨에는 된장찌개도 해주더니만 이제는 매일 김치찌개냐! 김치공장 하냐!" 미안하지만 내일도 김치찌개임.

웃음 백서

학과별 학생들의 비애

1. 원자력 공학과입니다. 다들 애 못 낳는다고 그러는데…… 털썩!

2. 저는 사회학과입니다. 결혼식이나 행사만 있으면 사회 보라고 합니다.

3. 저는 러시아과입니다. 저보고 러시아포르노를 가지고 와서는 해석해 달랍니다. 무슨 해석이 필요하다고.

4. 지질공학과인디 찌질이라고 하더군요. 우리과 이름 한때 지구시스템공학과였는디 지구방위대냐? 털썩!

5. 시각디자인과 다니다 군대갔는데……. 연병장에 줄 긋는 거는 다 나 시키더라.

6. 유전공학이 뭐냐고 묻습니다. 그냥 땅 파서 석유 끌어오는 거라고 농담 삼아 말합니다.

7. 체육학과. 제발 스포츠마사지 좀 해달라고 그러지 마세요. 힘들어요.

8. 심리학과. 미팅 나가면 상대방들 항상 긴장한다. 집에 수정구슬 있냐고 물어본 사람도 있었고 최면술 할 줄 아냐고 물어본 사람도 있었다.

9. 지리학과. 어딜 가든 모든 길을 알고 있어야 한다. 지리과가 길도 몰라? 난 길친데.

10. 관광과. 각 지역의 호텔과 요금…… 여행지 좋은 곳……비행기 요금 알아야 합니다.

11. 난 정보통신공학. "어느 통신사가 잘 터져"라고 물어보시는 어른들. 정말 어이없는 건, 휴대전화 튜닝해달라는 사람.

12. 전 문예창작과. 철자 한 번만 틀려도 바보 취급. 유명한 책은 주인공 이름까지 모르면 또 바보 취급. 내가 한강수타령 주제가를 어떻게 알아. 이것들아!!!

13. 전 그냥 토목과입니다만 뭐 다들 부럽군요. 다들 뭔가 특기가 있어 보이지 않습니까?? 전 토목과입니다만. 왜 맨날 "우와! 그럼, 술 잘 마시겠네요?" 합니다. 무슨 토목과가 술 마시는 과입니까.

남자에게
차이는 방법

1. 겨드랑이 털을 깎지 않고 기른 후,
   어깨가 드러나는 짧은 민소매를 입고 남자를 만나러 나간다.
   약속 장소에 있는 남자를 향해 만세를 부른다.
2. 돈가스를 먹으러 간다. 칼로 손톱 밑을 긁는다.
   구두를 벗은 후 칼을 구두 주걱으로 사용한다.
   그 칼로 "제가 고기 잘라 드려요?"라고 말한다.
3. 길을 걷다가 깍두기 머리의 남자들이 보이면 손가락질을 하
   며 크게 웃는다. 그리고 남자 뒤로 숨는다. 그 남자들이 다가
   오면,
   "그것 봐요. 제가 하지 말자고 했잖아요."라고 말한다.
4. 시계를 보며 정확히 10분에 한 번씩 박수를 1회 세게 친다.
   그러다가 혼자 중얼거린다.
   "그들이 오고 있어……. 그들이 오고 있어."

5. 남자의 지갑을 보자고 한다.

   돈을 꺼내서 자신의 지갑에 넣는다.

   돈을 달라고 하면 치사하다는 듯 비웃는다.

6. 한 달 동안 빨지 않고 방구석에 처박아 놓아서 누렇게 바랜 브래지어를 착용하고 남자를 만나러 나간다.

   어깨끈이 보이도록 한다.

7. 인형 뽑는 기계에서 인형을 뽑아 달라고 한다. 남자가 인형을 뽑아 주면 칼로 인형의 배를 가른다.

   "이놈이 아니야!"라고 외친다.

8. 배가 아프다며 화장실에 다녀온다. 화장실에 갔다 온 뒤 계속 오른손의 냄새를 맡아본다. 남자가 왜 그러냐고 물어 보면,

   "화장지가 없더라고요."라고 대답한다.

9. 솜사탕을 사서 오른손으로 한참 주무른 뒤 남자에게 건넨다.

10. 술집에 간다. 소주를 한 잔 마신 뒤 라이터를 켜고 불꽃을 향해 술을 내뿜는다.

    마실 때마다 한다.

웃길 수밖에 없는
축구선수 개그

1. 호나우두

호나우두가 신인 시절 연습을 잘 못한 거야.

그래서 감독에게 혼났어.

그런 다음 포장마차에 가서 우동을 먹었어.

그럼 뭔 줄 알아?

'혼나우동'

2. 토티

토티가 연습을 잘 못해서 운동장 50바퀴를 돌았어.

근데 감독이 또 돌라고 시켰어.

그럼 뭐게?

'저 토티어요?'

3. 나카타

나카타가 축구 연습을 옴팡지게 열심히 하고 있었어.
그런데 웅덩이가 보이는 거야!!
그래서 고기를 냅다 건졌으면 뭐게…

'고기를 나카타'

4. 마라도나

공책을 졸라 말아
그런 다음 그냥 돌려 그럼 뭐게…

'공책 마라도나'

사이즈가
어떻게 되시죠?

어느 남편이 결혼하고 처음으로 아내의 생일선물로
팬티 세트를 사주기로 마음먹고 백화점에 들어갔다.
"아가씨, 부인용 팬티 하나 주세요."
"사이즈가 어떻게 되시죠?"

"사이즈라 그건 잘 모르겠고……. 하여튼!! 24인치 텔레비
전 앞을 지나갈 때면 화면이 안 보이는데요."

신입생들의 인사

- • 안녕하세요. 고려대 치의예과 05학번입니다.
- • 안녕하세요. 연세대 한의예과 05학번입니다.
- • 안녕하세요. 서강대 의예과 05학번입니다.
- • 안녕하세요. 가톨릭대학 불교학과 05학번입니다.
- • 안녕하세요. 포항공대 법학과 05학번입니다.
- • 안녕하세요. 카이스트 인문학부 05학번입니다.
- • 안녕하세요. 카이스트 임상병리학과 05학번입니다.
- • 안녕하세요. 통영대 굴채취학과 05학번입니다.
- • 안녕하세요. 한양대 농생계열 05학번입니다.
- • 안녕하세요. 초당대 두부제조학과 05학번입니다.
- • 안녕하세요. 동양대학교 치토스반죽학과 05학번입니다.
- • 안녕하세요. 울릉대 오징어건조학과 05학번입니다.
- • 안녕하세요. 대불대 목탁디자인학과 05학번입니다.
- • 안녕하세요. 김포대 벼베기학과 05학번입니다.
- • 안녕하세요. 제주대 감귤재배학과 05학번입니다.

- • 안녕하세요. 동원대 참치캔디자인학과 05학번입니다.
- • 안녕하세요. 서귀포대 해녀학과 05학번입니다.
- • 안녕하세요. 전주대 전주비빔밥제조학과 05학번입니다.
- • 안녕하세요. 탐라대 어묵디자인학과 05학번입니다
- • 안녕하세요. 대불대 불상경호학과 05학번 새내기입니다. 잘 부탁드립니다.
- • 안녕하세요. 하버드대 태희연구학과 05학번 새내기입니다.
- • 안녕하세요. 라꾸라꾸대학 후불제혜택학과 복학생입니다.
- • 안녕하세요. 멋진대 성형외과 전액장학생입니다.
- • 앙~녕하세영~~ 앙드레대 엘레강스해요과 총장 김봉남입니다.

남자라면 공감할 것들

1. '탁×3' 을 할 때 무의식적으로 주위를 쳐다본다.

2. 실수로 밟은 레고는 졸라 아픈 거다.

3. 꿈에서 떨어질 때 발에서 오는 경련 그 느낌 죽인다.

4. 온라인게임을 하다보면 '사빈다' 라는 오타가 나오기 마련.

5. 머리를 감거나 샤워를 하고 거울을 보며 '이 정도면 나은 편인데?' 라는 생각을 한다.

6. 가족이 다 없을 때 무의식적으로 컴퓨터를 켠 후 '푸×나' 폴더 접속한다.

7. 가족이 다 없을 때 혼자 놀아봤다. 필자는 혼자 주먹질, 발차기 등등을 하며 논다.

8. 초딩은 무적이라고 생각한다.

9. 국딩/초딩 때 공부 암기는 못해도 만화 하는 시간은 다 안다.

10. 영화 볼 때 줄거리 다 말하는 사람 죽이고 싶다.

11. 초·중 때 힘세 보이고 싶어서 건드는 애들은 '야! 운동장으로 나와라' 하고 져본 적 있다.

12. '프×나' 야동 99%일 때의 절정은 말로 못한다.

13. 야동에서 갑자기 목소리만 나올 때 그냥 죽어버리고만 싶어진다.

14. 12시 정도에 혼자 집에 있으면 평소에 생각 안 나던 무서운 사진, 이야기가 다 생각난다.

졸업 후

이제 더 이상 시끌벅적한 학교생활은 없겠지.
모두들 대학생활 하고 사회생활 하고 있겠지.
가끔 동창회에서만 만날 수 있겠지.
이제 한순간의 추억들로만 남은 거겠지.
3년간 같이 한 추억들이 한 권의 앨범으로만 남았구나.
근데 친구들아.
우리, 지각비 20만 원 가량은 어디로 날아간 거니?

작년엔 피자 사먹었는데.

어느 만화 사이트의 질문과 답변

1. Q : 도로시와 함께 다니던 강아지 토토는 수컷인가요. 암컷
      인가요?
   A : 교배를 원하시면 애견점에 문의하세요.

2. Q : 태권V와 주인공 철이는 정말 일심동체였나요.
   A : 보시면 둘 다 남자입니다. 부부가 아니죠.

3. Q : 빨강머리 앤 주근깨가 몇 개인지 알려 주세요.
   A : 네, 먼저 그 전에 왕눈이 시력부터 알려 주세요.

4. Q : 피구왕 통키의 불꽃 슛을 배우고 싶은데 어떤 비결이 있
      을까요?
   A : 그냥 보통 피구공 하나 사신 후 던지면서 이렇게 외치세
      요. 불꽃 슈~~~웃~!

5. Q : 마징가Z랑 태권V랑 싸우면 누가 이기나요.

   A : 둘이 같이 안 나옵니다. 아시잖아요.

6. Q : 둘리가 어떤 종류의 공룡이었는지 알 수 있을까요?

   A : 아기공룡입니다.

7. Q : 미키마우스도 싫어하는 게 있었을까요?

   A : 아지라엘(스머프 고양이)

8. Q : 파파스머프의 나이는 어떻게 되나요?

   A : 가가멜이 말을 놓는 걸로 봐서 비슷한 연배로 알고 있습
       니다.

9. Q : 독수리 오형제의 헬멧을 하나 갖고 싶은데 살 수 있는 방
       법 없을까요?

   A : 충무로에서 '헬멧' 하나 사신 후 부리만 그려 넣으세요.

10. Q : 로봇을 제조한 사람들은 왜 모두 박사님이죠?

    A : "강부장님, 출격 가능한가요?" "최사장님, 지구가 위험
        합니다." 듣기 좋나요.

'세 번'의 다른 의미

남자는 태어나서 세 번 운다.

1. 태어날 때
2. 사귀던 여자친구와 헤어졌을 때
3. 부모님 돌아가셨을 때

여자는 태어나서 세 번 칼을 간다.

1. 사귀던 남자친구가 바람피울 때
2. 남편이 바람피울 때
3. 사위 녀석이 바람피울 때

남자는 부인에게 세 번 미안해 한다.

1. 카드대금 청구서 날아올 때
2. 아내가 분만실에서 혼자 힘들게 애 낳을 때
3. 부인이 비아그라 사올 때

여자는 남편에게 세 번 실망한다.
1. 시도 때도 없이 귀찮게 할 때
2. 운전하다 딴 여자한테 한눈 팔 때
3. 비아그라 먹고도 안 될 때

부모님은 자식을 보며 세 번 속상해 한다.
1. 어린 자식이 아플 때
2. 시집간 딸년이 부부싸움하고 짐 싸서 친정 올 때
3. 장가간 아들 녀석이 여편네 데리러 처가에 갈 때

평소 소식조차 뜸하던 친구에게서 세 번 연락이 온다.
1. 자기 생일이 다가올 때
2. 결혼할 때
3. 자식들 시집, 장가갈 때

수험생은 세 번 당황, 황당해 한다.
1. 입시제도 바뀔 때
2. 수능 난이도가 높거나 너무 낮을 때
3. 열심히 공부해서 대학 들어갔더니 연예인이 특차로 들어올 때

유명 연예인은 두 번 울고 세 번째 웃는다.
1. 상을 받을 때

2. 구속될 때
3. 컴백할 때

정치인은 국민의 말을 세 번 알아듣는다.
1. 집에 가서 잠이나 자라고 할 때
2. 밀린 법안들을 빨리 처리하라고 할 때(몇 개 골라서 날치기 통과)
3. 말싸움 좀 그만하라고 할 때(말싸움 대신 몸싸움한다)

면접

　요즘처럼 취업하기 힘든 세상 이놈도 고졸이고 특별한 기술이나 능력이 없어 집에서 사업 구상으로 시간을 죽이고 있었는데, 신규 채용란을 보다 아주 맘에 드는 직업을 발견했다.

　'현금수송차량 직원모집 ○○명!!! '

　물론 지 돈은 아니지만 차 안에 돈을 가득 싣고 다니며 영화에서나 보았던 보디가드용 이어폰, 총, 이상한 무기처럼 보이는 것들을 허리에 줄줄이 차고 블랙박스를 운반하던 까만 옷의 '후카시' 들을 지하철에서 가끔 목격하였던 놈은 "이건 내 천직이다!"라는 귓가의 울림을 거절할 수 없었다.

　덜컥 입사원서를 받아 써내고(물론 그의 이력서란에는 고졸이외에 다른 놈들이 무수히 이력 또는 특기란에 써넣는 합기도, 태권도, 검도 등의 것은 없었다. 그 흔한 태권도 품띠도 1단으로 우겨넣을 수 있지만 그놈은 없었다.) 당당히 면접관 앞에 섰다.

면접관 세 명은 아주 날카롭고 무뚝뚝한 얼굴로 면접에 임하고 있었다.

그놈과 같이 들어간 놈들은 모두 4명이었다.

"자네는 태권도 3단에 검도 1단이군, 언제부터 운동했나?"

이렇듯 딱졸에 아무런 특기도 없던 놈은 그놈 하나였다!

드디어 놈의 차례,

"자네는 이력란에 특기가 없군, 뭐 할 말 없나?"

놈의 한 마디에 면접장은 웃음바다가 됐고 놈은 취직이 됐다.

"고등학교 짱 먹고 나왔는데요!"

버스 기사 아저씨의
센스 !

친구 집에서 자려고 친구와 버스를 탔다.

가다 보니 어느새 버스 안에는 나와 내 친구, 버스 운전사 아저씨, 그리고 전혀 아닌데 예쁘게 보이려고 온갖 피나는 노력을 다 한 여자 2명. 이렇게만 남게 되었다.

한두 정거장을 지나다 보니 그 중 한 여자가 갑자기 나에게 윙크를 했다.

진짜로, 내 표정이 굳으며 갑자기 점심 때 뭘 먹었는지 기억이 났다.

그러자 내 친구가 귓속말로 "야, 저 여자가 너 찍었나 봐."

친구를 때려 주고 싶었다.

귀에다 대고 그렇게 크게 말하면 그게 귓속말이냐!

그러나 행동으로 옮길 수 없었다.

이미 두 여자가 들었기 때문이다.

갑자기 그 두 여자가 오더니 몇 살이냐고 물었다.

가까이서 보니 점심이 위까지 올라왔다.

내 친구는 22세라고 진술해 버렸다.

그러자 갑자기 말을 트시더니

"아잉~ 나보다 어렸구나. 나는 나랑 동갑인 줄 알고~."

그러셨다.

아니, 그러면서 갑자기 대시하며 스킨십을 하려고 하는 순간!

나는 절대절명의 위기로 아저씨를 불렀다.

"아저씨, 아저씨!!"

순간 내 머릿속에는 "내려 주세요"라고 말하려 했으나

"살려주세요!"라고 해버렸다.

그렇게 말해 버리고 난 뒤 나도 무안해서 아저씨의 반응을 살폈다.

마침내 버스가 멈추고, 문이 열리며 기사아저씨가 던진 그 한마디가 정말 가관이었다.

"학생! 도망쳐!"

악어는 어디에

플로리다 앞바다에서 낚시를 즐기던 관광객의 보트가 뒤집혔다.

그는 수영을 할 수 있었지만 악어가 겁나서 전복된 보트에 매달려 있었다.

해변에서 한 노인을 발견하자 그는 "이 근처에 혹시 악어가 있나요?"라고 묻자 "악어는 없어진 지 오래요."라는 대답을 들었다. 안전하다고 생각한 관광객은 느긋하게 해변을 향해 헤엄치기 시작했다.

해변으로 반쯤 접근했을 때 "그런데 어떻게 악어들을 없앴어요?" 하고 물었다.

"우리가 악어를 어떻게 한 게 아니라 상어들이 나타나서 다 잡아 먹어버렸다오."라고 노인은 대답하는 것이었다.

chapter 4

한 건물에 성형수술하는 병원이 몇 개씩 들어선 요즘이다. 고액의 수술비를 감수하면서까지 성형수술을 하는 이유는 사회가 '외모'를 중시하고 있기 때문이다. 아무리 수술의 폐단을 강조해도 허공에서 사라지는 외침일 뿐이다. 인공적인 아름다움보다 자연적인 아름다움을 싫어하는 사람은 없다. 이제 수술의 부작용을 걱정하지 않고 자연스럽게 아름다워질 수 있는 성형의 방법을 해보는 것이다. 그것은 바로 '웃음'이다.

웃음은 돈 들지 않는 성형수술이다

한문 시험 - 절세미인
큰스님
어느 아이의 복수
보건 시험
어머니의 유머
신입 여사원 이야기
어느 부대의 식단
흥부전 금도끼 에로버전
남편과 아내의 동업
진단 결과
소위들의 외출
친자 확인
전학생
순진한 신부
도서관에서 뽀뽀하지 마시오
마누라 것을 빨았습니다(19금)
부인의 바람기
오! 마이 좃(God)
로또 당첨 전에는 꼭!
도를 아십니까?
빌 게이츠의 학창시절
구혼 광고
여관에서 민망할 때
에덴동산이 한국에 있었다면
대한민국 명문대 연구
해석의 차이
시골뜨기 신병의 신고식
아내의 건망증
신종 단속 카메라
입장 차이
이사하던 날
솔로의 등급
자위행위의 부작용
상황별 진화
마누라 밤일 자랑
들켰다
인질극
공인회계사
건망증
자장면
엽기 답변
넌 뭐야?
여러 가지 착각들

한문 시험 - 절세미인

　어느 학교 기말고사 주관식 문제 중 "빼어난 미모를 가진 여자를 가리키는 고사성어를 쓰시오"라는 문제가 있었는데 답은 '절세가인'이었다.

　기말고사가 끝나고 한문시간에 선생님이 들어오셨다.

　선생님이 들어오자마자 하는 말이 "이 반에는 주관식 문제 답을 이상하게 쓴 놈들이 왜 이렇게 많아?"

　"×××일어나."

　"이 새끼야~ 절대미녀가~ 뭐냐~~ 이런~ 바보 같은 놈."

　애들은 저마다 킥킥대고 웃어댔다. 그리고 다시 선생님이 다른 학생을 불렀다.

　"○○○ 일루 나와~."

　"새끼야! 넌 쭉쭉빵빵이 뭐냐? 이것도 고사성어냐?" (이놈은 '竹竹方方:죽죽방방'이라고 썼다.)

우리는 거의 뒤집어지기 일보 직전이었고 선생님의 다음 말에 우리는 쓰러지고 말았다.

"그래도 이놈(○○○)은 좀 나아~ 나름대로 고사성어라고~ 4글자라도 썼지~."

"△△△ 일루 나와! 이 새끼야!." "효리짱"도 고사성어냐? "이런~ 미친 넘."

큰스님

큰스님이 학문의 깊이를 알아보고자 제자들을 불러 모았다.

"어린 새끼 새 한 마리가 있었느니라. 그것을 데려다가 병에 넣어 길렀느니라. 너무 자라서 병 아가리로 꺼낼 수 없게 됐다. 그냥 두면 새가 더 커져서 죽게 될 것이고 병도 깰 수 없느니라. 자, 말해 보거라. 새도 살리고 병도 깨지 말아야 하느니라. 너희들이 늦게 말하면 늦게 말할수록 새는 빨리 죽게 되니 빨리 말해 보거라."

제자 1 : 새를 죽이든지 병을 깨든지 둘 중 하나를 고르는 수밖에 없습니다.

큰스님 : 미친 놈! 누가 그런 뻔한 소리 듣자고 그런 화두를 낸 줄 아느냐?

제자 2 : 새는 삶과 죽음을 뛰어넘어서 피안의 세계로 날아갔습니다.

큰스님 : 제 정신이 아니구나. 쯧쯧쯧.

제자3 : 병도 새도 삶도 죽음도 순간에 나서 찰라에 사라집니다.

큰스님 : 네 놈도 썩 사라지거라! 나무아미타불~ 모르면 가만이나 있거라.

제자4 : 위상공간에서 유클리드 기하학이…… 3차원 벡터가 한 점을 지나는…….

큰스님 : 귀신 씨나락 까 처먹는 소리!

제자5 : 새는 병 안에도 있지 않고 병 밖에도 있지 않습니다.

큰스님 : 뜬구름 잡는 소리를 하고 자빠졌구나.

제자들 : 큰스님, 저희들 머리로는 도저히 모르겠습니다. 도대체 답이 있기나 합니까?

큰스님 : 있지. 암, 있고 말고. 나무아미타불.

제자들 : 무엇이옵니까?

큰스님 : 가위로 자르면 되느니라~!

제자들 : ??

큰스님 : 페트(PET) 병이었느니라. 관세음보살!

어느 아이의 복수

어느 날 한 아이가 죽은 개구리를 실로 묶어 질질 끌며 창녀촌에 갔다.

한 업소(?)로 들어간 아이가 카운터에서 말했다.

"아가씨, 난 송송(sex)을 할 여자가 필요해요."

"집에 가 임마! 넌 이런 거 하기엔 너무 어려!"

그러자 꼬마는 주머니에서 100달러짜리 지폐를 꺼내 책상에 탁 놓았다.

카운터 아가씨는 씩~ 웃으며 말했다.

"2층 오른쪽 세 번째 방으로 가거라."

타박타박 올라간 꼬마가 뛰어내려와 말했다.

"잊은 게 있네요. 성병이 걸린 아가씨가 필요해요."

아이가 잉잉거리며 말하자 카운터 언니가 달랬다.

"꼬마야, 우리집 아가씨들은 모두 깨끗해!"

꼬마는 다른 쪽 주머니에서 또다시 100달러 지폐를 꺼내 놓았다.

"아~! 이층 왼쪽 끝방이란다."

꼬마는 다시 미소를 머금으며 죽은 개구리를 다시 끌면서 2층으로 올라갔다.

잠시 후 내려온 꼬마가 카운터 아가씨에게 빠이빠이를 하며 가려고 하자 아가씨가 불러 세웠다.

"네 호기심은 이해해. 근데 왜 성병이 있어야 하지?"

"응~ 우리집에 가면 유모가 있어. 지금 집에 가서 유모랑 슝슝을 할 거야. 그럼 유모가 성병에 걸리겠지? 그리고 아빠가 저녁에 자동차 뒷자리에서 유모랑 슝슝을 하면 아빠가 성병에 걸릴 거고. 밤에는 엄마랑 슝슝을 할 테니 엄마가 성병에 걸리겠지? 내일 아침 아빠가 출근하면 우유배달부가 집에 와서 엄마랑 침대에서 슝슝을 할 거야. 그럼, 우유배달부도 성병에 걸리겠지? 그 우유배달부가 내 개구리를 밟아 죽인 놈이란 말야!"

보건 시험

그때 그 시절, 옛날에는 체육과목 부속으로 '보건학'이라는 과목이 있었다.

체육선생님의 명강의로 신비로운 성의 세계를 파고드는 수업이라 조는 사람이 한 명도 없을 정도였다.

기대하던 시험날.

자랑스러운 고딩들은 성 지식으로 완전 무장하고 암기에 몰두했다.

그런데 주관식 마지막 문제로 '에이즈의 감염 경로를 한 가지만 적으시오' 라는 문제가 나왔다.

이걸 누가 못 맞히려나?

그래도 끝까지 배신을 때리는 친구가 있었으니.

채점 후 한 학생의 답안 때문에 다들 뒤집어졌다.

그 학생이 쓴 답은

'자위행위'

어머니의 유머

가끔씩 개그맨 뺨칠 정도로 웃기는 말을 하는 울 엄마.
오늘 아침, 엄마는 신문을 보고 계셨다.

엄마 : 아니, 이럴 수가!!
 나 : 엄마, 왜?
엄마 : 요즘엔 영화비도 달러로 받네? 환율이 그렇게 되나?
         비쌀 텐데!
 나 : 그래?

나는 놀라서 달려가 엄마가 보던 신문을 집어들었다.

'성룡의 ○○○○' 단성사, 중앙극장—15불
'8월의 크리스마스' 피카디리, 시네마천국—15불
'에이리언 4' 서울, 명보—15불
(여기서 '불' 은 관람불가의 줄임말이었더라.)

신입 여사원 이야기

회사에 예쁜 신입 여사원이 들어왔다.

쭉쭉빵빵 몸매로 남자 사원들이 눈독을 들였다.

유부남인데도 불구하고 회사 제일의 작업남 동구가 이 예쁜 신입 여사원에게 작업을 시작했다.

결국 동구는 그녀를 꼬드기는데 성공하고, 퇴근할 때 같이 나갔다.

이튿날 아침 출근하자마자 바람둥이 동료 석우가 동구에게 물었다.

"어때? 괜찮았어?"

동구는 시큰둥하게 대답했다.

"아니, 내 마누라만도 못해."

다음에는 이 바람둥이 석우가 예쁜 신입 여사원에게 작업을 시작했다.

퇴근길에 나란히 나가게 된 예쁜이와 석우.

다음날 아침, 출근하자마자 석우에게 동구가 물었습니다.
"넌 어땠어? 괜찮았어?"
석우가 시큰둥하게 대답했습니다.

"아니, 역시 자네 말이 맞아.(자네 마누라만도 못했어.)"

어느 부대의 식단

어느 부대, 급식 먹는 날.

"야, 오늘 메뉴는 돈가스래."

"와! 웬일이냐?"

그런데 잠시 후,

"야, 돈가스를 한 사람당 두 개씩 준대."

"웬일이래? 우리 부대 복 터졌나 봐."

그런데 돈가스에 소스가 없었다.

"너무 퍽퍽해."

"돈가스 한 박스랑 소스 한 박스 주문했는데 그만 실수를 했다지 뭐냐."

"우씨~."

그러자 잠자코 있던 한 대원이 말했다.

"야, 짜증내지 마. 지금 다른 부대에서는 소스만 두 개 먹고 있을 걸."

흥부전 금도끼
에로버전

흥부 부부가 산에 나무하러 갔다가 실수로 부인이 연못에 빠졌다. 흥부가 엉엉 울고 있는데 산신령이 젊고 예쁜 여인을 데리고 나왔다.

산신령 : 이 사람이 네 마누라냐?
흥 부 : 아니올시다.

연못 속에 다시 들어갔다 나온 산신령이 이번엔 탤런트 아무개를 닮은 미인을 데리고 나왔다.

산신령 : 그럼, 이 사람이 네 마누라냐?
흥 부 : 아니옵니다.

산신령은 다시 물 속에 들어가더니 이번엔 정말 작고 못생긴 흥부마누라를 데리고 나왔다.

흥　부 : 감사합니다. 산신령님 바로 이 사람입니다. 고맙습
　　　　니다.
산신령 : 마음씨 고운 흥부야. 이 두 여인을 모두 데려가 함께
　　　　살도록 하여라.
흥　부 : 아니옵니다. 저는 마누라 하나면 족합니다.

착한 흥부는 마누라 하나만 데리고 집으로 돌아왔다.
흥부 부부의 이야기는 금방 동네에 퍼졌다.
얘기를 들은 놀부는 등산하러 가자며 마누라를 꼬드겼다.
연못가에 이른 놀부는 마누라를 불렀다.
"여보! 이리 와봐. 물 참 좋다."
놀부는 다가온 마누라를 밀어 연못에 빠뜨렸다.
아무리 기다려도 산신령이 안 나와 놀부의 속이 타는데…….
한참 후 건장한 사내가 바지를 올리고 허리띠를 매면서 연못
속에서 나왔다.
"어허! 오랜만에 회포를 풀었네. 기분 좋다."
뒤이어 물 속에서 나온 놀부 마누라가 치마끈을 다시 매며 말
했다.

"여보~ 자주 좀 밀어 넣어줘요!"

남편과 아내의 동업

어느 날 아내가 남편의 허리춤에 손을 뻗으며 물었다.

"이건 뭐하는 건가요?"

"이거야 내 소중한 밑천이지, 뭐긴 뭐야."

그러자 이번에는 남편이 아내의 깊은 곳을 어루만지며 물었다.

"여긴 뭐하는 곳이오?"

"호호호. 그곳은 가게예요."

그러자 남편이 음흉한 웃음을 지으며 말했다.

"밑천과 가게라. 그럼 내가 밑천을 댈 테니 가게를 엽시다. 그리고 함께 동업을 합시다 그려."

그래서 밤마다 부지런히 일을 했는데 결국에는 남편이 두 손을 들고 말았다. 남편이 마누라에게 한숨을 지으며 말했다.

"여보, 도저히 안 되겠소. 내 밑천은 자꾸만 줄어드는데 당신의 가게는 날로 확장을 거듭하니 말이오."

진단 결과

아내가 이상해 병원에 데려간 남편.
진찰 후 의사가 남편을 조용히 불렀다.

의사 : 부인은 치매 아니면 에이즈입니다.
남편 : 뭐라고요? 그 둘이 비슷한 병인가요?
의사 : 초기 증상은 좀 비슷하죠.
남편 : 그럼 어떻게 해야 하나요?

의사 : 부인을 차에 태우고 가다 시골길에 떨어뜨리고 집으
로 가세요. 부인이 집에 못 찾아오면 치매고, 잘 찾아오
면 에이즈니까. 알아서 하세요.

소위들의 외출

외출 나간 10명의 소위가 복귀 시간에 한 시간 이상 늦었다.

"죄송합니다! 오늘 데이트가 있었는데 버스 시간을 놓쳤습니다. 잡아 탄 택시가 고장이 나, 농장에서 말 한 마리를 빌려 탔는데 달리다가 길에 쓰러져서 죽었습니다. 그래서 10km를 뛰어오느라 늦었습니다!"

부대장은 소위의 변명을 믿지 않았지만 그냥 들여보내 주었다.

잠시 후 두 번째 소위가 나타나 말했다.

"죄송합니다! 오늘 데이트가 있었는데 버스 시간을 놓쳤습니다. 택시를 탔는데 고장이 났고 농장에서 말을 한 마리 빌렸는데 달리다가 길에 쓰러져서 죽었습니다. 그래서 10km를 뛰어왔더니 이렇게 늦었습니다!"

부대장은 더욱 믿어지지 않았지만 첫 번째 소위를 봐주었기 때문에 어쩔 수 없이 들여보냈다.

뒤이어 도착한 모든 소위들이 똑같은 말을 했고 결국 마지막 소위가 도착했다.

"죄송합니다! 오늘 데이트 때문에 버스를 놓쳤습니다. 택시를 탔는데……."

부대장이 "내가 맞춰볼까? 택시가 고장 났지?"라고 하자 소위가 대답했다.

"아닙니다! 길 위에 죽은 말들이 너무 많아서 피해 오느라 늦었습니다!"

친자 확인

일곱 명의 아들을 둔 남자가 있었다.

그는 막내아들을 유난히 구박했다. 다른 아들과 성격이나 인상이 달랐기 때문이다. 심지어 머리 색깔까지 달랐다.

남자는 속으로 생각했다.

"막내는 내 자식이 아니라 마누라가 바람피워 얻은 자식임이 분명해."

세월이 흘러 늙고 병든 이 남자, 마침내 하늘의 부름을 받게 됐다.

그는 아내와 막내를 용서해 주리라 생각하고 조용히 물었다.

"여보, 내가 죽을 때가 되니 20년 동안 막내놈을 구박한 것이 마음에 걸리는구려! 모든 것을 용서해 줄 테니 진실을 말해 주구려."

그러자 아내가 체념한 듯이 말했다.

"사실은 그 애만 당신 자식이에요."

전학생

아주 험상궂게 생긴 학생이 전학을 왔다.

"이 학교 짱 나와!"

교탁에 올라가 소리를 지르는 모습을 본 짱이 바짝 쫄아서 앞으로 나갔다.

전학생은 싸대기를 세게 때리고는 말했다.

"저기 꿇어!"

짱은 구석에서 무릎을 꿇었고 전학생은 "2짱 나와!"라고 소리쳤다.

짱이 맞는 걸 본 2짱도 쫄아서 나갔다.

전학생은 싸대기를 세게 때리며 말했다.

"저기 꿇어!"

전학생은 다시 무서운 소리로 말했다.

"3짱 나와!"

3짱은 나오지 않고 앉아 있었다.

"이 쉐이들이 죽을라고! 빨리 3짱 안 나와? 3짱 없어?"
전학생은 교실을 한 번 둘러보고는 이렇게 말했다.

"그럼, 이제부터 내가 3짱이야~!"

순진한 신부

한 신혼 부부가 격렬한 첫날밤을 보냈다.

아침에 욕실로 가서 샤워를 한 신랑은 그제야 수건이 없다는 것을 알았다.

수건을 가져다 달라는 신랑을 위해 욕실로 간 신부는 처음으로 신랑의 알몸을 제대로 볼 수 있었다.

아래위를 살피던 신부는 신랑의 '그것'을 보더니 수줍은 듯 물었다.

"그게 뭐예요?"

신랑은 짓궂게 대답했다.

"이게 지난밤에 당신을 즐겁게 해준 것이오."

신부는 놀라서 말했다.

"그럼, 이제 요만큼밖에 안 남은 거예요?"

도서관에서 뽀뽀하지 마시오

모 대학 중앙도서관에서 한 커플이 아무데서나 농도 짙은 애정 표현을 했다. 이를 본 한 학생이 학교 게시판에 글을 올렸다.

'소리까지 나게 키스하는 건 너무 심하지 않습니까.'

이 글이 올라오자 학생들은 각자 자신의 학과 특성에 맞는 댓글을 잇달아 올렸다.

컴퓨터공학부 : 성인인증과 실명인증을 하라는 메시지를 보내세요.

영문학과 : "Get room!" 하고 말해 주세요.

법학과 : 타인의 심기를 심히 불쾌하게 했으니 경범죄 가중특별법(사실 이런 법률 없음)을 적용해 처벌하세요.

행정학과 : 벤담의 효용의 원리에 따라 최대 다수의 최대 행복 추구를 위해 이렇게 말합니다. "나도 끼워 줘!"라고.

전자공학부 : 소프트웨어 객체간의 비동기화로 인해 자원을 공유하는 사태가 벌어졌군요. 디버그해야 합니다.

마누라 것을
빨았습니다(19금)

어제 밤에 마누라의 것을 빨았습니다.
이렇게 빨아 주는 것만으로도 행복했습니다.
그런데 큰일이 나고 말았습니다.
내가 너무 힘 있게 빨아서인지 아니면 너무 많이 빨아서인지
그만 찢어지고 말았습니다.

잘 보이려고 마누라 옷을 빨다 그런 건데 정말 너무 허무했습니다.

부인의 바람기

평소 바람기 있는 부인 때문에 결국 의처증까지 걸린 남편.
출장갔다 돌아오면서 아파트 수위에게 물었다

남편 : 제가 출장간 사이에 누구 찾아온 사람 없었나요? 특히
　　　남자……

수위 : 없었어요. 사흘 전에 자장면 배달 온 것밖에.

남편 : 휴우~ 다행이군요.

수위 : 근데 그 배달원 청년이 아직 안 내려왔어요.

오! 마이 좃(God)

외국 바이어들을 초청한 제품 설명회에서 영구가 간단한 시작 인사를 맡게 됐다.

하지만 그는 어떻게 인사말을 맡게 됐는지가 의아할 정도로 영어 실력이 형편없었다.

설명회날 많은 사람들 앞에 선 영구가 입을 열었다.

"레이디스 앤드 겐틀맨!"

순간 장내가 썰렁해지자 과장이 영구 뒤로 슬쩍 다가가 말했다.

"이럴 때 'G' 발음은 'ㅈ' 소리가 나잖아."

자신의 실수를 깨달은 영구는 미소를 지으며 한 마디 던졌다.

"오! 마이 좃(God)!"

로또 당첨 전에는 꼭 !

1. 1등 당첨된 돈으로 뭐할까 상상한다.
2. 당첨되면 무조건 '불우이웃돕기'를 해야겠다고 생각한다.
3. 토요일 저녁이 기다려진다.
4. 추첨 전에 방송되는 스포츠 뉴스가 상당히 지루하다.
5. 공이 하나씩 나올 때마다 "다음 거는 맞겠지⋯⋯. 맞겠 지⋯⋯" 하고 기대한다.
6. 번호발표 후 "그럼 그렇지." 또는 "또 1주일을 어떻게 기다 려."라고 생각한다.
7. 5등이라도 당첨되면 "본전은 뽑았네."하고 안도(?) 한다.
8. 속으로는 천 원어치 딱 한 판만 사고 싶었는데 괜히 눈치 보 여 만 원어치 산 걸 아까워한다.
9. "당첨된 사람은 얼마나 좋을까, 아니 미치겠지?"라고 생각해 본다.
10. 설마 짜고 치는 고스톱은 아닐까 의심도 해본다. ㅡ.ㅡ

도를 아십니까?

고등학생인 철수는 서점 한쪽 구석에서 책을 보고 있었다.

그때 한복을 입은 중년남자가 다가오더니 말을 걸었다.

"도를 아십니까?"

철수가 대답했다.

"아니."

그 남자는 황당한 표정으로 말했다.

중년남 : 보아하니 나이도 어린 것 같은데 반말을 하시면 됩
         니까.

철　수 : 내 마음이지.

중년남 : 그래도 그런 것이 아니지요.

철　수 : 남이야 반말을 하든지 말든지!

그러자 중년남자는 얼굴을 붉게 물들이며 말했다.

"야, 임마. 내가 집에 가면 너만한 아들이 있어. 어디서 반말이야, 반말이!"

그 순간 철수는 공손히 인사를 하더니 말했다.

"아직 수행이 부족하시군요."

빌 게이츠의
학창시절

학창시절에 빌 게이츠는 '탐(Tom)'이라는 친구와 사이가
좋지 않았다.

세월이 흐른 뒤 빌 게이츠는 엄청난 돈을 벌었지만 탐은 평범
한 직장인으로 살고 있었다.

샘이 난 탐은 빌 게이츠가 예전에는 공부와는 담을 쌓은 문제
아였다고 소문을 내고 다녔다.

빌 게이츠는 이 소문을 듣고 화가 났지만 체면도 있고 해서
대놓고 욕을 하진 못했다.

대신 윈도우를 만들 때 그를 욕하는 프로그램을 하나 만들었
다.

문제의 프로그램은 바로, '탐색기'

구혼 광고

30대 후반의 노처녀 베티가 고민을 하다가 신문에 구혼 광고를 냈다.

'나를 때리지도 않고, 나를 버리고 떠나지도 않고, 침대에서도 끝내 주는 남자를 찾습니다.'

그러던 어느 날 누군가 문을 노크하는 소리가 들려 뛰어나간 베티.

문 앞에는 팔다리가 없는 남자가 휠체어에 앉아 있었다.

그녀가 "어떻게 오셨나요?" 하고 물어보자 그 남자는 "저야말로 당신의 이상형입니다."라고 말했다.

당황한 베티가 무슨 소리냐고 물었다.

그가 말했다.

"저는 신문광고를 보고 왔는데 제가 당신의 완벽한 파트너입니다. 저는 팔이 없으니 당신을 때릴 수도 없고, 다리가 없으니까 당신을 떠날 수도 없으니까요!"

그러자 여자가 "그럼 밤일은 잘하시나요?"라고 물었다.

그러자 그는 빙긋이 웃으며 대답했다.

"그럼 제가 어떻게 이 문을 노크했다고 생각하시나요?"

여관에서 민망할 때

· · 아침에 나가는데 옆방 문이 동시에 열리며 어두운 복도에
  서 2대 2의 시선이 마주치는 순간, "좋은 아침입니다." 혹
  은 "일찍 일어나셨네요." 하기도 어색하다.
  – 가끔씩 3대 2의 시선이 교차하기도 한다. 정말이다.

· · 새벽에 배가 고파 야식을 시켰는데 야식 배달하는 사람이
  아는 녀석일 때, "우와, 무지 오랜만이네. 반갑다. 어서 들
  어와." 하기도 정말 어색하다.

· · 여관 주인아줌마가 내 얼굴 한번 쓱 보더니, "저번에 203
  호였지? 세면대에 토해놓고 가면 어떡해? 내부공사 했잖
  아."라며 아는 체하면 민망하다.

· · 방에 들어가자마자 TV를 켰는데 고장이 났는지 지직거려
  카운터에 호출을 했다. 주인이 1시간가량 만지작거리다

기술자를 불러 또 2시간 더 기다릴 때.

여관 주인과 기술자가 TV에 붙어 있는 동안 우리 둘은 (남은 방이 없다는 이유로) 침대 구석에 처박혀 조용히 기다리고 있노라면 정말 민망하다.

– 그래도 기다리는 우리가 대견(?)하다. 정말이다.

에덴동산이
한국에 있었다면

에덴동산이 한국땅에 있었다면 인류는 원죄를 짓지도, 타락하지 않았을지도 모른다.

일단 뱀이 이브를 유혹하기 전에 그녀가 뱀을 잡아 뱀탕을 끓였을 것이다.

이브가 뱀의 유혹에 넘어갔다 하더라도 아담은 타락하지 않았을 것이다.

한국 남자가 어디 여자 말 듣는 거 봤냐고~.

대한민국 명문대 연구

1. 청와대

재학 중에는 사회에서 인정받는다.

하지만 이곳을 졸업하신 분들은 대부분 좋은 소리는 못 듣고
산다.

하지만 누가 뭐래도 한국 최고의 명문대다.

전교 수석한 학생의 말을 들어보자.

"맞습니다. 맞고요."

2. 군대

국내 유일의 남자들만 있는 남대다.

여기 안 갔다 오면 좋은 소리 못 듣는다.

남자라면 가야 한다는 그곳이다.

하지만 아쉽게도 여자들에게 군대생은 인기가 없다.

선후배 사이의 관계가 매우 엄하다.

군대 내의 해병대가 군기가 세기로 유명하다.

그만큼 자존심도 세다.

군대의 축구부는 자체 군대스리가라는 리그를 운영할 정도로 유명하며 경기 내내 살벌하고 파워풀한 모습을 보인다.

3. 해운대

역시 이곳도 국내 유일이라는 장점이 있으니 여름 계절학기에만 수업을 하는 곳이다.

각계 각층이 모이며 분위기는 화기애애하다.

단 지방이라는 약점이 존재하지만 여름만 되면 언제나 북새통을 이룬다.

놀기 좋아한다면 한 번 가볼 만한 명문대.

4. 전봇대

여기는 볼품없다.

가봤자 개똥과 쓰레기밖에 없다.

가끔 싸고 있는 똥개도 볼 수 있다.

특히 술 마시는 것을 좋아하는 사람들로 이 대학이 넘친다.

해석의 차이

거만한 모습으로 입에 담배를 문 채 버스를 기다리던 건달에게 한 외국인이 다가와 물었다.

외국인 : Where is the post office?(우체국이 어디죠?)

그러자 한국인 건달은 황당하다는 듯 담배를 퉤~ 뱉으며

"아이 씨팔노미."

그런데 이 외국인이 졸졸 쫓아가는 게 아닌가.

도대체 왜?

외국인은 "I see, follow me(알겠소. 따라오시오.)"로 알아들은 것이었다.

시골뜨기 신병의
신고식

외출 나온 신병이 서울의 한 환락가, 네온사인이 번쩍이는 어느 룸살롱에 들어갔다.

입구에서부터 예쁜 아가씨들이 달려와 몸을 부비며 자리로 안내했다.

외출에서 돌아온 시골뜨기 신병은 고참들 앞에서 서울 외출 결과에 대해 보고를 했다.

"룸살롱 내려가는 계단과 바닥은 이태리 대리석이었어요. 그런 건 제 고향 싸릿골에서는 상상도 못해 본 겁니다. 실크 커튼을 열고 은은한 향기가 나는 실내에 들어서자 장식이 모두 금빛이었어요. 여자가 술을 따라 주는데 생전 처음 맛보는 고급 양주였어요. 서너 잔을 먹자 벌써 온몸이 찌르르 취기가 오르는 거였어요. 제 고향 싸릿골에서는 상상도 못할 일이었어요. 그런데 내실 문이 열리고 미스코리아 같은 예쁜 아가씨가 속이 훤히 들여다보이는 얇은 옷을 걸치고 와서는 나를 2층 계단을 통해 안내해 가는 거였어요. 그런데 그 계단이 발을 대자마자 자동으로 움직이는 에스컬레이터였어요. 제 고향 싸릿골에서는 상상도 못할 일이지요. 그리고는 드디어 그 여자와 단둘이 방에 있게 됐어요."

듣고 있던 고참 사병들이 흥분되고 궁금해 그 다음에 어떻게 무슨 일이 일어났느냐고 물었다.

"그 다음 코스는 우리 부대 앞 약속다방 미스 정이 여인숙에서 내게 해주던 것하고 똑같드만요."

아내의 건망증

아침에 함께 차를 타고 출근하는 아내가 한참을 가다가 갑자기 소리를 질렀다.

"어머! 전기다리미를 안 끄고 나온 것 같아요!"

남편은 놀라서 차를 돌려 집으로 향했다.

집에 가보니 전기다리미는 꺼져 있었다.

다음날, 아내가 한참 차를 타고 가다가 또 소리를 질렀다.

"오늘도 전기다리미를 깜빡 잊고 끄지 않은 것 같아요!"

남편은 귀찮고 짜증이 났지만 불이라도 날까 봐 집으로 차를 돌렸다. 하지만 그날도 다리미는 꺼져 있었다.

다음날, 차가 출발한 지 10분쯤 지나자 아내가 또 소리를 질렀다.

"다리미를 끄고 나왔는지 안 끄고 나왔는지 기억이 안 나요!"

그러자 남편은 차를 도로변에 세우고 트렁크를 열었다.

"여기 있다. 전기다리미!"

신종 단속 카메라

　퇴직한 경찰관이 가족과 함께 차를 타고 시외로 나가다가 무인 감시 카메라가 있는 지역을 지났다.

　그런데 규정 속도로 달렸음에도 불구하고 카메라 플래시가 터지며 사진이 찍혔다.

　남자는 이상하게 여겨 차를 돌려 다시 그 길을 지났더니 또 카메라가 번쩍였다.

　남자는 뭔가 고장이 났다고 생각하고는 다시 한 번 지나갔고 카메라에 또 찍혔다.

　"이 녀석들, 카메라 관리도 제대로 하지 않는구먼."

　남자는 나중에 경찰서에 되돌아가 알려줘야겠다고 생각하며 떠났다.

　2주 후 남자의 집으로는 '안전띠 미착용 벌금고지서' 세 개가 도착했다.

입장 차이

남의 남편이 설거지를 하면 공처가.

내 남편이 설거지를 하면 애처가.

남의 아내가 못생겼으면 "그 수준에서 여자를 골랐으니 당연하지."

내 아내가 못생겼으면 "짜샤 내가 여자 얼굴에는 워낙 초연하잖냐."

마누라가 죽으면 화장실에 가서 웃고

남편이 죽으면 시집식구 몰래 조의금부터 헤아려본다.

며느리는 남편에게 쥐어 살아야 하고

딸은 남편을 휘어잡고 살아야 한다.

남의 자식이 어른에게 대드는 것은 버릇없이 키운 탓이고

내 자식이 어른에게 대드는 것은 자기 주장이 뚜렷해서다.

사위가 처가에 자주 오는 건 당연한 일이고

내 아들이 처가에 자주 가는 건 줏대 없는 일이다.

이사하던 날

이사하는 날, 아버지는 전날 과음한 탓에 머리 아프고 속도 메슥거려 2층 아들방에 숨어 자고 있었다.

한참 자고 있는데 누군가 흔들어 깨웠다.

"아빠, 짐 옮겨야지 여기서 주무시고 계시면 어떡해요."

"조금만 더 자자~ 아빠가 술이 덜 깨서……."

"그럼, 다른 데서 주무세요. 침대 옮겨야 해요."

"조금만, 조금만 더 자고~."

한참 실랑이를 벌이던 아들은 결심했다는 듯이 창문 밖으로 소리를 쳤다.

"엄마! 그럼 던질 테니까, 아래에서 받아!"

솔로의 등급

•• 영화가 너무 보고 싶을 때

초급솔로 : 쪽팔림 무릅쓰고 혼자 간다.

중급솔로 : 여동생을 돈으로 꼬신다.

고급솔로 : 혼자 보는 게 쪽팔리지 않다

•• 놀이동산 너무 가고 싶을 때

초급솔로 : 기어이 안 가고 만다.

중급솔로 : 또 여동생을 돈으로 꼬신다.

고급솔로 : 여동생 돈으로 꼬셔 데려가는 놈을 따라 간다.

•• 너무너무 외로울 때

초급솔로 : 아는 친구 모두에게 전화 및 문자를 날린다.

중급솔로 : 여동생한테 소개팅 시켜달라고 조른다.

고급솔로 : 외로운 게 뭐야?

•• 솔로친구가 커플이 되면

초급솔로 : (속은 엄청 쓰리지만) 축하해 준다.

중급솔로 : 여동생을 괴롭힌다.

고급솔로 : 친구? 없어진 지 오래다.

•• 기차여행 중 옆자리에 예쁜 여자가 앉으면

초급솔로 : 가슴이 뛰기 시작한다. 반지가 있는지 살핀다.

중급솔로 : 여동생과 비교한다.

고급솔로 : 김밥 아저씨 기다리느라 관심 없다.

자위행위의 부작용

중학생 철수는 자위행위 때문에 고민이 생겼다.

하루는 크게 결심하고 학교 상담실 문을 두드렸다.

총각 선생님은 자상한 웃음으로 맞아 주셨고 철수는 어렵게 입을 열었다.

"선생님, 저는 자위를 해요. 죄책감이 들어 괴롭습니다. 죄송합니다."

"죄송하긴, 자위는 절대 나쁜 게 아니란다. 하지만 자꾸 자위행위를 하다보면 두 가지 안 좋은 증상이 생긴단다. 하나는 기억력이 현저하게 떨어진다는 거지. 그리고 둘째는, 둘째는……아이 씨! 또 잊어버렸네."

상황별 진화

•• 성형외과 의사

초급 : 환자 견적 내다가 시간 다 간다.

중급 : 환자 얼굴 10초만 쳐다보면 견적이 나온다.

고급 : 쌍꺼풀은 서비스로 해준다.

•• 절도범

초급 : 어디가 돈 되는 집인지 모른다. 가끔 경찰집도 털다가 걸린다.

중급 : 집 모양만 봐도 재산이 얼마인지 안다.

고급 : 개인 변호사가 있다.

•• 변태

초급 : 여성 물건을 수집하며 희열을 느낀다.

중급 : 여성 물건을 착용하며 희열을 느낀다.

고급 : 아무때나 희열을 느낀다.

웃음은 돈 들지 않는 성형수술이다

•• 버스운전기사

초급 : 배차 시간 맞추느라 정신이 없다.

중급 : 길 가던 아가씨 나리에 눈 맞추느라 정신이 없다.

고급 : 할머니가 탈 낌새를 정확히 눈치채고 정거장을 지나치
　　　는 신통력을 보유한다.

•• 할머니

초급 : 버스 따라가다가 포기하고 다음 차 기다린다.

중급 : 버스랑 같이 달린다.

고급 : 버스가 도망칠 낌새를 정확히 눈치채고 광고판 뒤에 숨
　　　어 있다가 기습하는 신통력을 보유한다.

•• 커플매니저

초급 : 결혼 성공률이 저조하다.

중급 : 스머프 같은 작은 키의 남자만 아니라면 100% 성공시킨
　　　다.

고급 : 스머프도 결혼시킨다.

•• 요즘 가수

초급 : 실력 없으면서 전통 힙합을 고집한다.

중급 : 적당히 리믹스하고 립싱크하며 버텨나간다.

고급 : 록을 하겠다고 설친다.

• • 군인

초급 : 여자만 보면 아주 환장을 한다.

중급 : 할머니만 봐도 뒤집어진다.

고급 : 신병이 여자로 보인다.

마누라 밤일 자랑

남자 동창 셋이 모여 마누라 자랑을 늘어놓기 시작했다.

남자1 : 우리 마누라는 밤마다 내 것을 가지고 핸드브레이크
연습을 하는 거 있지.

남자2 : 우리 마누라는 내 걸 가지고 기어 연습을 해서 말이
지…… 크크.

세 번째 남자는 묵묵히 가만히 있었다.
그러자 친구들이 "자네는 어떤가?" 하고 물었다.

남자3 : 우리 마누라는 말야. 밤에 침대에 누워서 이렇게 얘
기해. 자기~ 가득 채워 주세요.

들켰다

포르노 비디오를 보고 있다가 엄마한테 들켰다.

변 명 형 : 제목이 코믹영화 같기에 빌려봤는데 아니잖아
요.~

설 득 형 : 엄마도 사춘기 때 이런 거 보신 적 있잖아요. 요
즘 애들은 이런 거 다 봐요. 저희 때는 호기심이
왕성하잖아요. 아시죠? 저 믿죠?

책임전가형 : 친구가 맡겨놓았어요. 진짜 짜증나게 이런 거
맡기고 난리야.

애 원 형 : 눈물을 줄줄 흘리면서 말한다. 엄마, 너무 보고
싶어서 그랬어요. 흑!

적반하장형 : 비디오를 확 끄면서, 뭐 이런 게 다 있어! 하고
는 테이프를 들고 간다.

애 교 형 : 부모님을 위해 준비했습니다. 즐거운 시간 되십
시오.

인질극

5인조 범죄 조직이 범행을 계획했다.

한 명 한 명이 초일류 엘리트로 구성된 뛰어난 조직.

그들의 뛰어난 머리를 범죄에 쓰기로 했다.

치밀한 계획을 세워 실수 없이 일처리 하기로 유명한 5명이 머리를 맞대고 오랜 시간 토의했다.

드디어 그들은 기발한 아이디어를 떠올리고 실행에 옮겼다.

이들은 국회로 갔다.

마침 국회에는 새로운 법안처리 때문에 국회의원 전원이 모여 있었다.

한 명 한 명 모두가 엄청난 월급을 받는 돈덩어리 아닌가.

수 또한 300명에 달하니 좋은 몸값을 노릴 수 있었다.

국회 안을 완전 봉쇄하고 협상을 하기 위해 온 경찰에게 그들은 외쳤다.

"우리가 요구한 액수와 빠른 시간 안에 탈출할 수 있는 헬기를 내놓아라. 만약 이 조건을 충족시켜주지 않을 시에는~."

잔뜩 긴장한 경찰이 인질범이 내거는 조건에 귀를 기울였다.

"요구 사항을 들어주지 않을 경우 5분마다 한 명씩 국회 밖으로 내보내겠다!"

공인회계사

공인회계사 3명이 대기업과 계약체결 인터뷰를 하기로 했다.

첫 번째 후보가 들어갔다.

"2 더하기 2는 얼마요?"

"4입니다."

두 번째 후보에게도 같은 질문이 주어졌다.

그는 노트북 컴퓨터를 꺼내더니 스프레드시트 프로그램을 열어 몇 가지 공식을 입력한 뒤 결과가 나오자 대답했다.

"4입니다."

세 번째 후보도 같은 질문을 받았다.

그는 문 쪽으로 가 밖에 누가 있는지 둘러보고는 문을 잠갔다. 그리고 창가로 가 블라인드를 내리고는 탁자 밑도 살폈다.

그리고는 질문자에게 다가가 조용히 대답했다.

"얼마가 되기를 원하십니까?"

건망증

1. 계단에서 굴렀다. 홀홀 털고 일어났다.

   근데…… 내가 계단을 올라가고 있었는지, 내려가고 있었는지 도무지 생각이 안난다.

2. 아침에 일어나서 양치질하러 화장실에 갔다.

   근데…… 내 칫솔을 도대체 찾을 수가 없다.

   홀쩍~ 달랑 3개의 칫솔 중에서.

3. 작업실에 가려고 집을 나서다가 잊은 것이 있어서 다시 집에 갔다.

   근데…… 내가 뭘 가지러 왔는지 생각이 나지 않는다.

   한참을 고민하고 찾다가, 우산 하나를 가져왔다.

   그날은 하루 종일 햇빛이 쨍쨍했고, 그날 도시락이 없어서 점심을 굶어야만 했다.

4. 친구에게 전화를 걸었다.

   근데…… 내가 누구에게 전화를 걸었는지
   기억이 안난다. 미치겠다.

"여보세요……"

"네, 거기 누구네에요?"

(머 이런 개뼉다구 같은게 다 있나?)

"글쎄요."

다음날 한 친구.

"너 어제 우리집에 전화 했었지?"

"(뜨끔)아, 아니……. 그게 너네 집이었니?"

"웃기고 있네. 남의 집에 전화해서 누구냐고 묻는 애가 너 말고 더 있냐?"

5. 자장면 먹을 때……

다 먹고 나면, 내 자장면 그릇에 한 입만 베어 먹은 단무지가 7, 8개는 있다.

(이해 안 되면 통과, 공감하시는 분들 있을 것임.)

6. 외출하려고 나섰다가, 몇 번이고 집에 돌아왔다.

이유는 다…….

"어머, 내 시계……."

"어머, 내 지갑……."

"어머, 내 핸드폰……."

자장면

난 아파트 24층에 산다.
오늘 엘리베이터가 고장났다.
그래서 자장면을 시켜 먹었다.

제목 : 난 자장면 배달을 한다.
난 자장면 배달을 한다.
오늘 배달전화가 와서 가보니 엘리베이터가 고장나 있었다.
무려 24층 아파튼데. 자장면에 침뱉었다.

제목 : 난 자장면이다.
배달하랜다.
24층이랜다.
엘리베이터가 고장났댄다.
24층에 도달했을 때.
난 우동이 되었다.

제목 : 나는 짬뽕이다.

이 철가방 속엔 자장면이 있어야 하는데

왜 내가 있는지 모르겠다.

짱깨는 열심히 계단으로 뛰고 있다.

불쌍하다. 내가 아닌데.

제목 : 난 아파트 1층에 산다.

밖에서 "1818"이란 소리가 들려서 몰래 쳐다보았다.

왠 노랑머리를 한 양아치 녀석이 자장면에 침을 뱉고 있었다.

제목 : 난 자장면 집 주인이다.

난 자장면 집 주인이다.

주문 전화가 와서 짱깨에게 자장면 배달을 시켰다.

주소를 잘못 가르쳐 줬다.

제목 : 난 앞 동 사는 사람이다.

엘리베이터가 고장난 걸 보고

24층으로 중국집, 치킨집, 족발집 등에 장난전화를 했다.

조금 있으니깐 배달하는 애들이 줄을 지어 계단을 오르고 있었다.

제목 : 난 수위아저씨다.

한 짱깨녀석이 24층을 쳐다보며 얼굴을 달아오르더니만 자기가 배달해온 짜장면에 침을 탁! 뱉고 24층을 향해 질주하기 시작했다.

제목 : 난 자장면 시켜먹은 삐리리 형이다.
자다 일어나보니 동생 삐리리가 혼자 자장면을 먹고 있다.
하나 더 시켰다.

제목 : 나 아까 배달한 삐리리다.
아까 시킨 삐리리 형이라는 사람! 진짜 고맙다.
안그래도 그릇 찾으러 가려고 하던 참이었는데 잘됐다.
참고로 나 주간 알바다. 이제 곧 퇴근이다.

제목 : 엘리베이터 고장나는 날은 24층에서 파티하는 날이냐?
나 24층 아파트 주민회장인데
지금 짱깨고 뭐시기고 뭘 시켰길래
배달하는 애들 단체로 오토바이 타고 계단 오르냐.
그리고 24층 니들 아파트 엘리베이터 고장나면
니네집 밥통도 고장나냐?
왜 맨날 고장나면 시켜먹냐 궁금하다.
제목 : 무슨 짓이냐.

웃음은 돈 들지 않는 성형수술이다

난 엘리베이터다.

새벽에 어떤 놈이 나타나서 고장도 안났는데 종이에 '고장' 이라고 써놓고 튀었다. 덕분에 하루종일 안 움직이고 좋긴 한데, 뭐가 이리 시끄럽냐.

나 고장 안났다.

엽기 답변

1. 여친에게 가슴 사이즈가 얼마냐고 물어 봤더니.
   B라고 하던데.
   근데 B가 큰 건 아니잖아요.
   근데 만져 보면 크거든요.
   봐도 그렇고
   어떻게 된 거죠?
   ▶ 나도 만져 봐야 알 것 같은데.

2. 원빈이랑 저랑 물에 빠졌어요.
   근데 수많은 사람들이 저를 구했어요.
   왠지 알아요?
   ▶ 물이 썩어서 원빈이 죽을까 봐.

3. 님들아. 오늘 저 가출했어요ㅠ 춥고 배고파요ㅠㅠㅠ
   ▶ 돌아와라 준영아!

엄마가 잘못했다.

성인 사이트는 안 눌러도 뜨더구나.

4. 저그의 저글링은 왜 링을 안 들고 다닐까?

저글 링…… 아니야?

▶ 프로 토스가 배구 하냐?

5. 안눙하세요오옹~김애경이에요옹~어머 님들 즈질이양~

김애경씨 성대 묘사 똑같죠?

▶ 지랄한다.

6. 나보다 잘생긴 새끼들은 다 꿇어!

▶ 천하를 평정할 셈인가.

7. 옵하들하~~~~~~~~~~♡

저를 보면 무슨 미가 떠올라요?

지성미? 세련미? 섹시미?

▶ 니미

8. 제가 누군가를 죽였어요. 어떡하면 좋죠?

아악~피가 흘러요. 제가 모기를 죽였네요. 어떻게 하면 좋죠?

경찰서 가나요? 제발 살려 주세요.

▶ 경험치 2가 오르셨습니다.

9. 노래방 가서 노래 부르는데, 실수로 취소 누르는 새끼……
우라질!

▶ 실수라고 생각하냐?

10. 세븐은 왜케 멍청한가요?
맨날 영어로 세븐까지밖에 못 세네.

▶ 원투는 그럼 병신이겠다.

11. 흰 빈폴옷 입고 갔는데…… 온통 피.
누가 알면 싸운 줄 알 거야ㅠㅠ.

▶ 맞고 온 건데 말야.

12. 안녕?
뭘 봐, 자식아!!

▶ 모니터 씹세야.

13. 이를 닦으면 이에서 치약 냄새가 나잖아요.
샴푸로 이를 닦으면 이에서 샴푸 냄새가 나겠네요.
저는 앞으로 샴푸로 이를 닦을래요.

▶ 그럼 이빨이 찰랑찰랑 거리겠네염.

14. 일자리를 구해야 되는데 딱히 할 만한 게 있나요?
추천 좀 호스트빠 이런 거 말고 자격증 몇 개 있음.
태권도 1단증 운전면허증
▶ 태권도도장 운전기사

15. 중3이거든. 그런데 시험성적 중에 가장 높은 게 63이다.
나 상고행이야? 공고행이야?
▶ 엄마한테 보여주면 저승행

16. 제가 여자친구랑 숨바꼭질을 했는데요.
5시간째 여자친구를 못 찾겠어요. 어떡하죠?
▶ 차이는 방법도 가지가지

넌 뭐야?

평소 공부 안하고 놀기 좋아하는 기봉이가 어쩌다 인기가 좋아서 부반장이 되었다.

하루는 남아서 야간강제학습을 하고 있는데 친구가 주는 껌을 씹고 있었다.

그런데 그 강제학습 감독 선생님인 무서운 학생주임선생님이 마침 그놈이 껌씹는 모습을 목격하신 것이다.

선생님은 그걸 보고 그 남학생에게 다가가서 말씀하셨다.

"너 이자식! 입 안에 뭐냐??"

기봉은 너무나 쫄아서 자그마한 소리로 답변했다.

"저는 이반에 부반장인데요."

웃음은 돈 들지 않는 성형수술이다

여러 가지 착각들

인터넷 광고회사의 착각
광고창이 계속 뜨게 만들면 언젠가는 접속해 주는 줄 안다.

· · 남자의 착각
여자가 자기를 쳐다보면 자기한테 호감있는 줄 안다.
솔직히 나 정도면 괜찮은 남자인 줄 안다.
여자들이 싫다고 하면 다 튕기는 건 줄 안다.
못 생긴 여자면 꼬시기 쉬운 줄 안다.
임자 없는 여자는 다 자기 여자가 될 수 있을 줄 안다.

· · 여자의 착각
남자가 자기한테 먼저 말 걸면 관심있는 줄 안다.
남자가 어떤 여자랑 같은 방향으로 가게 되면
관심 있어서 따라오는 줄 안다.
어쩌다 사진 좀 잘 나오면 자기가 이쁜 줄 안다.

•• 실연을 겪은 사람들의 착각

자기 케이스가 세상에서 제일 비참한 줄 안다.

자기가 굉장히 상처를 많이 받아서 불쌍한 줄 안다.

영화에서나 벌어질 만한 일이 자기한테 벌어진 줄 안다.

•• 모든 아기들의 착각

울면 다 되는 줄 안다.

•• 엄마들의 착각

자기 애가 머리는 좋은데 공부를 안해서 공부를 못하는 줄 안다.

•• 초등학생들의 착각

자기가 서울대 갈 수 있을 줄 안다. 못 가면 최소한 연고대는 가는 줄 안다.

•• 중고딩의 착각

지네 쳐다보다가 다른 데 쳐다보면 쫄아서 눈깐 줄 안다.

•• 수학여행 갈 때 중고딩의 착각

버스 맨 뒤에 앉으면 자기가 잘 나가는 줄 안다.

·· 고등학생들의 착각

앞사람 등 뒤에 누워서 선생님이 안 보이면
선생님도 자기가 안 보이는 줄 안다.

·· 인문계 고등학생들의 착각

모든 실업계 고등학생들이 자기보다 공부 못하는 줄 안다.

·· 고3들의 착각

대학 때는 공부 안 하는 줄 안다.

·· 고등학교 졸업생들의 착각

대학 가면 잘 나갈 줄 안다.

·· 중고딩의 착각 읽고 웃는 사람들의 착각

자기가 중고딩 때는 안 그랬는 줄 안다.

·· 재수생의 착각

이번 수능은 잘 볼 줄 안다.

·· 대딩들의 착각

자기가 철든 줄 안다.
맘만 먹으면 A+ 받을 수 있을 줄 안다.

자기가 맘만 먹으면 더 좋은 데 갈 수 있었는 줄 안다.
자기가 고등학교 때 잘 나갔는 줄 안다.

· · 공대 다니는 여자들의 착각

자기가 CC 됐다가 깨고 그리고 또 CC 만들고 그러는 게 자기
가 잘나서 그런 건 줄 안다.

· · 폐인들의 착각

폐인이 자랑인 줄 안다.

하루 날 새면 그 담날 일찍 잘 수 있을 줄 안다.

· · 폐인 동생들의 착각

밥 먹을 때는 컴퓨터 내줄 줄 안다.

· · 담배 피우는 사람들의 착각

마음만 먹으면 끊을 수 있을 줄 안다.

· · 수많은 사람들의 착각

자기가 생각할 수 있는 걸 남은 생각 못할 줄 안다.

· · 이 글을 읽고 있는 사람들의 착각

자기는 아닌 줄 안다.. ㅡ.ㅡ;